小学館文庫

蟲愛づる姫君

虜囚の王妃は夜をしのぶ

宮野美嘉

小学館

目次

蟲愛づる姫君
虜囚の王妃は夜をしのぶ

序章

『私は多くの命を奪い多くの敵を作ってきたから、いずれお前がその尻拭いをすることになるかもしれないな』

暗く深い夜の中、彼女は怪しい笑みを浮かべてそう言った。


短い夏は瞬く間に過ぎ去り、魁(かい)の王宮には秋風が吹いていた。

草の生い茂る庭園に佇(たたず)むのは一人の女――斎(さい)帝国からこの地へ嫁いで八年が過ぎようとしている王妃、李玲琳(りれいりん)である。

二十三歳の美しい王妃は裾を泥に汚して周りをぐるりと見回した。彼女を取り囲むのは数えきれないほどの甕(かめ)。

「さあ……みんな目覚めなさい……今日からこの地があなたたちの生きる場所よ」

玲琳の声が乾いた空気を震わせると、甕の中から一斉に、色とりどりの蝶(ちょう)が飛び出した。

　秋の空を染め上げる無数の胡蝶。

　辺りで息を詰めていた女官たちが感嘆の吐息を漏らした。

「まあ……なんて美しいんでしょう！　私、今初めてお妃様が蠱師でよかったと思いましたわ」

「ええ、私も。どうせ明日にはそう思ったことを後悔するに決まってるでしょうけど、今だけはこの喜びに浸りましょうよ。蠱師万歳！」

　女官たちは口々に言った。

　蠱師という者がいる。

　百蠱を甕にいれて喰らい合わせ、残った一匹を蠱として人を呪う術者のことだ。

　玲琳は皇女であり、王妃でありながら、蠱毒の里の次期里長になることを定められた、生まれながらの蠱師であった。

「お母様、すごいわ！」

「すごくきれいです」

　歓声を上げてとてとてと走り寄ってくるのは、二人の幼子だ。少女の名は火琳、少年の名は炎玲、二人は共に五歳になった、玲琳の双子の子供たちである。

「だけどお母様、どうしてこんなにたくさん蝶を造蠱したんですか？」

炎玲が母の裾に縋(すが)りながら小首をかしげる。玲琳もつられて首を捻(ひね)った。

「そうね……何故(なぜ)かしら？　今朝、お母様の夢を見たわ。だから蝶の羽ばたきを見たいような気がしたのよ。美しいでしょう？」

嫣然(えんぜん)と微笑(ほほえ)む玲琳に目を輝かせたのは、火琳である。

「ええ！　とっても綺麗(きれい)だわ！　ねえ、私に下さらない？　こんなに綺麗なんだもの、私によく似合うでしょ？」

母譲りの美貌を誇る少女はそう言ってはしゃぐが、玲琳は笑みを収めて娘の眼前にしゃがみこんだ。

「火琳、お前は蠱師になれないわ。だから、この蝶を扱うことはできないの。五歳の祝いにお前にあげた蝶は、私が支配して操っているのよ。お前の力ではない」

突き放すような物言いに、はたで見ていた女官たちははらはらする。その心配通り少女は表情を曇らせたが、一瞬後にはもう高慢に眦(まなじり)をつり上げていた。

「そんなの分かってるわ！　蠱師なんて今時流行(はや)らないわよ。私はこの国の女王になって、蠱師を手の上で操る女になってみせるんだから」

「ええ、立派よ、火琳」

玲琳は満足そうに微笑む。

するとそこに、草を踏み分け歩いてくる者がいた。

全員が足音に振り向く。歩んでくるのは玲琳の夫にして魁国の王、楊鍠牙だった。三十を超えて精悍さに磨きをかけた王に、女官たちはうっとりと見入る。鍠牙は鷹揚に微笑みながら近づいてくると、子供たちに手を伸ばした。双子は競うように父へ駆け寄り、軽々と抱き上げられてきゃっきゃとはしゃぐ。

「仕事中でしょう？　何の用？」

「あなたと子供たちに会いたくて――と言いたいところだが、残念ながら別の用事だ。急な話なんだが、斎の使者があなたへの面会を求めている。李彩蘭殿の使いらしいが、会ってみるか？」

　鍠牙は子供たちをあやしながら告げた。

　玲琳は驚き、しかしすぐぱあっと頬を朱に染めた。

「お姉様からの使いですって!?　今すぐ会うわ。でも、お前がわざわざ呼びに来る必要はなかったでしょうに」

「愛しい妻と子の顔が見られるなら、俺はどこへでも馳せ参じるさ」

　いつもと変わらないはずのその物言いにわずかな棘を感じ、玲琳はにやと笑った。

「お姉様からの使者なんて嬉しいわ」

「ならば今すぐご案内しよう、姫君」

　鍠牙は笑みを崩すことなくそう言うと、子供たちを抱いたまま建物の中へと戻ってゆく。

「私たちも使者に会ってみたいわ、いい？」

廊下を進みながら火琳が父に甘えるように問いかける。

「……仕方がないな、邪魔をするんじゃないぞ」

娘に甘い鍠牙はあっさりと認めた。火琳はぱっと顔を輝かせる。

「もちろんきちんと礼儀正しくしてみせるわ」

嬉しそうに笑いながら、少女はふと小首をかしげた。

「ねえねえ、お父様。お父様は斎の彩蘭様にお会いしたことがあるの？　彩蘭様ってどんな方？」

その問いに鍠牙は一瞬眉を動かし、ううんと考え込んだ。

「そうだな……彩蘭殿はとても立派なお方だ。広大な大帝国を支配する、偉大な女帝だよ。だが……そのぶん厳しく恐ろしい方だから、お前たちは迂闊に近づかないほうがいいな」

優しく諭す父の言葉に、炎玲がぶるりと震えた。

「そんなこわいひとのお使者なんてだいじょうぶかな……鬼みたいなひとだったらどうしよう……ねえ、火琳。僕らはあわないほうがいいかな」

びくびくする弟を見やり、火琳はふんと鼻で笑う。

「バカねえ、炎玲。お父様はお母様が彩蘭様を大好きなのが気に入らなくて、わざと悪く言ってるの。ヤキモチを妬いてるだけよ。そういうの、ちゃんと気づかないふりしてなくちゃ。それが子供の嗜みってものでしょ」

その物言いに、鍠牙は笑みのまま固まる。

玲琳はそのやり取りを見てけたけたと笑った。

「お前はまったく……無様ねえ」

そこで親子は使者を待たせているという部屋へたどり着いた。

後宮を出てすぐにある行政区の一角――そこに使者一行は待っていた。

鍠牙は子供たちを下ろし、いつの間にか後ろへ控えていた女官に双子を託す。

玲琳たちが入室するなり、使者の男たちは跪いて頭を垂れた。

玲琳はつかつかと彼らに近づき、真剣な顔で一同を見下ろす。

「顔をお上げ」

その命令に使者たちは一瞬肩を震わせ、覚悟を決めたように顔を上げた。

「よく来たわね」

そう声をかける玲琳に、使者たちは魂を抜かれたかのごとく見入った。

「……お久しぶりでございます、玲琳様。このようにお美しくなられたあなた様に再びお目にかかれるとは、望外の喜びでございます」

しばし呆然（ぼうぜん）と玲琳に見惚（みと）れた末、先頭の男が青ざめた顔で言う。玲琳は思わず首を捻る。

「お前は……」

「誰とか言うんじゃありませんよ！　斉で何度も顔を合わせたことのある彩蘭様の手下ですよ！」

　ひそひそ声で怒鳴ったのは、いつの間にか玲琳の後ろに控えて子供たちを預かっていた女官の葉歌（ようか）だ。彼女は斉から伴ってきた玲琳の女官で、斉の事情には明るい。しかし手下という言い方はいかがなものだろうか。

　顔見知りと言われて再び男を見下ろすが、玲琳はいつものことながらこの男に見覚えがないのだった。そもそも斉の後宮は男子禁制、玲琳が男と顔を合わせたことはおそらく多くないだろう。覚えているはずがないのである。

　男は玲琳の眼差（まなざ）しが毒であるかのようにびくびくしている。

「いちいち怯（おび）えるのはおやめ。お姉様は私に何の御用なの？」

　玲琳は使者の緊張を解こうとしたが、彼はその言葉になおさらびくついた。ここまで怯えられるとさすがに無礼ではないかと玲琳は憤慨する。

「早くお言い」

「は、申し訳ございません。実は……斉帝国と飛（ひ）国が同盟を結ぶため、玲琳様にお力添えいただきたいのです」

　使者は冷や汗を流しながら説明した。

「ふうん？　詳しく話してみなさい」

　斎帝国は言うまでもなく玲琳の生まれ故郷だ。大陸随一の大国であり、その地位を脅かす国などありはしない。対する飛国も、斎に勝るとも劣らぬ古い歴史を有する国である。両者に比べると魁など、所詮北の新興国でしかないのだ。

　そして現在その両国は、お世辞にも良い関係を築けているとは言えない。

　理由は色々あるが、そのうちの一つがかつて斎の姫と飛国の王子の間に持ち上がっていた縁談の破局にあることは周知の事実である。そして玲琳はその縁談の当事者である飛国の第二王子燭榮覇と、浅からぬ縁があるのだった。端的に言えば——

「飛国って、お母様にずーっと言い寄ってきてる榮覇様のいる国よね？」

　火琳が愛らしい顔で使者に尋ねた。使者は童女のその問いにいささか面食らった様子だったが、すぐに気を取り直して頷く。

「は、そう伺っております。縁談が立ち消えになってしまってから、両国の関係は悪化の一途を辿るばかり……陛下はその事実をお嘆きになり、飛国との関係を良きものにしたいと願っておられます。そこで飛国王に同盟を申し入れたのですが……」

　そこで使者は表情を曇らせる。

「現在、飛国王は王位を継承するはずだった第一王子を病で亡くした悲しみで、臥せっておられるそうです。王の代理を務めているのは、第三王子の燭榮丹様。そしてその榮丹様が、斎と同盟を結ぶつもりはない――と、返答してきたのです」

「へえ……お姉様に喧嘩を売るとはずいぶん気骨のある男ね」

玲琳は感心してしまった。榮丹は第三王子だが、正妃の息子であるため、第一王子の死によって次期国王の座が転がり込んできたと噂に聞いた。彼には以前会ったことがあるが、李彩蘭に盾突くような豪胆さを感じさせる男ではなかったように思う。時は人を変えるということか……

「感心なさらないでいただきたい。彩蘭様はお困りなのです。このままでは、斎と飛の戦になるやもしれないのですよ。しかし困惑していた我々のもとに、飛国の第二王子である燭榮覇様から使いがありました。榮覇様は、斎と飛の同盟を望んでおられるそうなのです。榮覇様は軍の実権を握るお方。その威でもって弟を動かしてみせるので、同盟に向けて両国の間で会談をとのことでした。彩蘭様はたいそうお喜びになり、榮覇様を頼もしい友と思っておられるご様子。しかし……榮覇様はそこに一つ条件をお付けになったのです」

「どのような？」

「……玲琳様を会談に同席させてほしい……と」

「私を？」

玲琳は目をぱちくりさせる。

飛国の王子榮覇は側室の子であるため王位と関わりなく自由気儘に暮らしている男で、長年にわたり玲琳に言い寄り続ける風変わりな男でもある。しかし玲琳は、彼が自分に恋情を抱いているわけではないことを知っている。あの男は基本、国のことか守るべき女のことしか考えていない。それ故、蠱師の玲琳をほしがり、会うたび言い寄り続けているのである。

そんな彼が会談の場に玲琳をご指名……？　蠱師である玲琳を呼び寄せたい特殊な事情でも生じたのか……？

「両国の平和のため、力をお貸しいただけませんか？」

使者は恐る恐る玲琳を覗き見る。玲琳はしばしの思案の末、鷹揚に頷いた。

「いいわ、会談の場へ同席しよう。お姉様のご命令なら是非もないわ」

軽く胸に手を当てて宣言する。青ざめた使者たちの表情がわずかに明るくなった。

「それでは日程ですが……」

「その前に、下調べをしておきましょう」

玲琳は使者の言葉を遮りにたりと笑った。

「私はあの男の血を持っている。呪おうと思えばいつだって呪えるのよ」

「は……え？　呪う……？　な、いったい何を……」

動揺する使者たちを尻目に、玲琳は葉歌を見やる。

「私の部屋の棚に並べてある小瓶の中から、赤い小瓶を持ってきて」

「うええ……私がですか？」

葉歌は気持ち悪そうに言いながらも渋々部屋を出て行った。そしてあっという間に戻ってくると、その手には赤い小瓶を携えていた。

玲琳は小瓶を受け取ると、部屋を縦断して窓を開け放った。冷えた風がびょうと吹き込み、わずかに目を細める。

「さあ、おいで……あなたたちの最初の役目よ……」

呼びかけると、ついさっき生まれたばかりの蝶の群れが風に乗って部屋の中へ舞い込んできた。困惑していた使者たちは悲鳴を上げて身を寄せ合う。

玲琳はその中の一匹を指へ止まらせ、赤い小瓶の中から赤黒いどろりとした液体を滴らせた。玲琳の手に落ちるその液体を、蝶は啜る。

「これが旗よ。飛び、目指し、喰らいつき、その血を啜ってここへ戻りなさい」

その命を受け、蝶は羽ばたいた。窓から飛び立つと秋天をひらひらと舞い、やがて姿が見えなくなる。

「……れ、玲琳様……いったい何を……」

「ああ、榮覇を呪ったのよ」

玲琳はあっさりと答えた。使者たちは度肝を抜かれて口をあんぐりと開けた。

「な……何ということを！　あなたは斎と飛の間に戦を起こすおつもりか！」

玲琳はその怒鳴り声に耳を塞ぎ、顔をしかめる。

「そんなことにはならない。榮覇は私の蠱術を知っているし、血を取られることにも慣れている。彼の血が手に入れば色々なことが分かるのよ。とにかく少し待ちなさい、あの蝶は速いけれど、それでも少しはかかるでしょうから、ゆっくり旅の疲れを癒やすといいわ」

にこりと笑った玲琳に、使者たちはぞっと青ざめた。

「もちろん止めても無駄だということは分かっているわね？」

深夜、鍠牙の寝台に座り、玲琳は部屋の主に優しく笑いかけた。

「まあな、あなたは俺がどう止めても行くんだろう？」

鍠牙は寝台に寝そべって、玲琳の髪に指を通しながら聞き返す。

「ずいぶん落ち着いているわね。もっと見苦しく狼狽えるかと思っていたのに」

玲琳は彼の顔の横に手をついて、じいっと内側を窺うように見下ろした。

「無駄なことに労力を使う必要もなかろうよ」

そう言って鍠牙は玲琳の腕を引っぱった。体重をかけていた手を引かれ、玲琳は鍠牙の上に倒れ込む。腕の中に容易く転がり込んできた獲物の首に、彼は牙を立てる。

「李彩蘭の思惑に乗るのは不快極まるが、まあ仕方がない。少しばかり国を留守にしたところで壊れるほど脆弱な臣下たちでもないしな」

首筋でそう言われ、玲琳は眉を顰めた。どうも話が繋がらない。まさか——

「お前、ついてくるつもり？」

玲琳はがばっと起き上がって鍠牙を見下ろす。

「当たり前だろう？　あの女はそれを見越してこの話を持ち込んだに決まっている」

鍠牙の瞳に剣呑な色が宿り、玲琳はぞくりとして頰を緩めかけてしまうが——笑っている場合ではないと表情を引き締め、問い質す。

「何故分かるの？」

「俺はあの女帝と案外仲がいいからさ」

鍠牙は皮肉っぽく口角を上げる。今目の前に李彩蘭がいたら……彼は何をするのだろうか……？　親愛の微笑みを交わし合うのか、或いは刃を突き立て合うのか……その光景を想像し、玲琳はぞくぞくと快感に震え、耐えきれずに頰を緩ませた。

鍠牙が呆れたように玲琳の頰をつまんだ。

「李彩蘭は俺があなたに同行すると確信している。そして俺は、あの女の意図に添うしかない。本当に……忌々しくて嫌になるな。姫、あの女帝を殺してもいいか？」

「もちろんダメよ。せっかくお姉様が計らってくれたのなら、あの子たちも同行させましょうか？　異国の景色を見せてやりたいわ」

彩蘭が計らったことなら安全であろうと思い、玲琳はそう提案する。鍠牙はますます嫌な顔になる。

「あの子たちが李彩蘭の手の平の上で動くような事態は避けたいが……確かにいい機会ではあるな。本当にありがたすぎて舌を嚙み切りたくなるよ」

「私のお姉様が迷惑をかけてすまないわね」

「……どうしてあなたが謝る」

「どうしてって……お前の嫌がる顔が見たいからよ。お前は最近時々気を緩めて毒を垂れ流しかけているけれど……これに触れて喰らっていいのは私だけよ。他の誰にも与えてはダメ。子供たちにもね」

玲琳は脈打つ彼の胸に指を這わせる。

鍠牙は深々とため息をついて自分の目元を覆った。

「……あの子たちに見せるくらいなら死ぬよ。あなた以外の誰が、こんなもの、受け入れてくれるというんだ？」

玲琳はうっとりと微笑み、猫のように彼の体へ寄りかかった。

「ええそうね、私だけよ。これほど醜悪で、汚らしくて、惨めで、凶悪な毒……触れられるのは私だけだわ」

嬉しそうにしている玲琳を見やり、鍠牙はぽつりと言う。

「……嘘だよ」

一瞬意味が分からず玲琳は怪訝な顔になる。鍠牙は玲琳の頰を撫でて続ける。

「俺はあの女帝が嫌いだが……縦に引き裂いてやりたいほど嫌いだが……あなたの大事なものなら俺も大事にする。殺したりはしないさ、何があろうとな」

「ふふ、お前は愚かで醜悪で……いい子ね」

玲琳がそう言って更に体重を預け、鍠牙に唇を寄せようとしたその時──

激痛が身の内を襲った。その痛みは全身を隅々まで駆け巡り、やがて溶けるように消えた。玲琳は苦悶の声を上げて鍠牙の上に倒れる。

「姫!?　どうした？」

鍠牙は驚いて起き上がり、自分に寄りかかっている玲琳の体を揺すった。

玲琳は頭を押さえて鍠牙から離れ、浅い息をつきながら呟く。

「私の蟲が……引き裂かれた」

「どういうことだ？」

「榮覇を呪うために送り込んだ私の蝶が、何者かに引き裂かれた」

険しい顔で唸る玲琳の言葉を聞き、鍠牙の表情も強張った。

「何者か……だと？　あなたの蟲を引き裂くことができる人間なんて……」

「ええ、普通の人間にこんなことはできないわ。こんなことができるのは……蟲師だけよ」

蟲は霊的な存在だ。いくら怪力を誇ろうとも、この世で最も優れた剣士であっても、蟲師でない者が蟲を引き裂くことなどできない。

鍠牙は難しい顔で状況を把握しようとしばし思案し、

「つまり……燭榮覇の傍に蟲師がいて、それがあなたの蟲に気づき、引き裂いたということか？」

「そういうことよ」

「つまり……その蟲師はあなたに敵対しているということか？」

「……分からないわ」

いったい何が起きているのかと、玲琳は頭を限界まで働かせて考えた。

榮覇の傍に蟲師がいる？　彼が蟲師を雇っているのか？

いや、仮に榮覇が蟲師を雇っていたとしたら、玲琳の蟲を無残に引き裂いたりするはずはない。それがどれほど玲琳の怒りを買うか、理解できない男ではない。

だとしたら、榮覇の意図に反して玲琳の蠱は引き裂かれたのだ。

彼の傍に、彼の意に反する蠱師がいる……？

彼が玲琳を会談の場へ呼び出したことと、何か関わりがあるのだろうか？

玲琳に……助けを求めている……？

何の説明もなく玲琳を呼びつけた榮覇。

人格が変わったかのように強固な姿勢で斎を拒む榮丹。

そして引き裂かれた玲琳の蠱……

榮覇の身に……飛国に……いったい何が起きているのか……

玲琳が季節外れの汗を流しながら思案していると、鍠牙がぐっと肩を摑んできた。

彼は冴え冴えとした色のない表情でひたと玲琳を見据えている。

「……姫、榮覇殿との会談は許そう、俺も同行する。だが……子供たちはここへ置いていく。それでいいな？」

「ええ、いいわ」

玲琳はすぐに応じた。

答えるまでの一瞬に様々なことが頭を巡り、様々なことに折り合いをつけて答えたのだった。

この会談の裏によからぬ企みがあるのなら——そしてそこに蠱師が関わっているの

なら――正直なところ、目の前のこの男すら連れていきたくはない。この男は下手をすると敵以上の敵になりうる厄介者で、何が起きているのか分からない状況に投入するのは危険極まりない。だから本音を言えば置いていきたい。

だが、こういう時の彼の言葉を覆すなど容易ではなく、力業をもって臨まなければ敵わないと知っていたから、玲琳はその労力を惜しんだ。

邪魔になろうとも、この男が行くというなら連れていく方がまだましだ。

一瞬の間にそう考え、玲琳は彼の言葉を容れたのだった。

飛国で何が起きているのか確かめなければ……玲琳は最後に会った時の榮覇を思い浮かべた。

仮にも燭榮覇は玲琳の旧知であり、何年も親しく付き合っている相手だ。彼の求婚に応えるつもりなど更々ないが、それでも彼の身に何かあったのならば、玲琳が助けるのは当たり前のことだった。

しかしこの決断が後に大変な事態を引き起こすと――二人はまだ知らない。

「白亜様……榮覇王子に纏わりついていた蟲を一匹仕留めました」

闇に沈んだ部屋の中で女は言った。

「ご苦労、屍を寄越せ」

白亜と呼ばれたもう一人の女は手を差し出す。そこへ恭しく載せられたのは消えかけている蝶の残骸。

白亜はその残骸をきつく握りつぶし、砂のようになったその残骸を口の中へ流し込んだ。音を立てて飲み込み、目を閉じてそれを全身で感じ取ると、驚愕に目を見開く。

「ああ……ははは……何ということだ……」

呟きながら、にたりと不吉に笑む。

「忘れるものか……忘れるものか……ただの一日だって忘れたことはなかったぞ……この忌々しい血の香を……」

「既知の敵なのですか？　いったいどこの蠱師が？」

問われた白亜は憎悪に満ちた恐ろしい目で周りの女たちを見やる。

「お前たちも覚えているだろう……これを飛ばしたのはあの悪鬼の血を引く者だ」

その言葉に女たちは息を呑む。白亜は闇を見据えて呟いた。

「……また私たちの邪魔をするというのか……胡蝶」

第一章　毒効かぬ男と囚われの女

斎と飛の会談は、一月以上先に行われるとの話だった。

しかし早く姉に会いたいという玲琳の要望で、数日の内にはもう、玲琳と鍠牙は隊列を率いて出立していた。

会談の場は斎帝国と飛国の国境にある、西浄（さいじょう）という名の街だ。

馬車には玲琳と鍠牙の他に、女官の葉歌が同乗していた。

双子は初め両親に同行できないことを渋っていたが、鍠牙が真面目な顔でダメだと言うと、すぐに諦めておとなしく見送った。彼らは賢く勘が良く、普段どれだけ甘やかされていようとも、こういう時の父が絶対に折れないことを知っていた。

当然彼らの護衛役である雷真（らいしん）と風刃（ふうじん）も王宮に残ることとなり、玲琳と鍠牙は千の兵を伴って旅立ったのである。

変わってゆく景色を眺めながら、半月ほどの道のりを進み、隊列は冷えた秋風の吹きすさぶ荒野へと差し掛かった。

「西浄まではあと一日だそうですよ」

葉歌が窓の外を覗きながら言った。

「それにしても棠覇様は、なんだってお妃様を呼びつけたり……」

そんなボヤキは途中でぴたりと途切れる。葉歌は突如眦をつり上げて窓に取り付き、素早く外を見る。それと同時にがくんと振動があり、馬車は蛇行して停止した。

そして辺りは静寂に包まれた。千を超える兵たちの武具の音が一瞬にして消え失せ、無音の世界へ放り込まれたかのような感覚を味わう。

「何？　どうしたの？」

「何かあったのか？」

玲琳と鍠牙が続けざまに尋ねるが、葉歌は振り向きもしない。

「……お妃様、蟲を連れていますか？」

「ええ、もちろん」

玲琳は袖口から蜥蜴や蜘蛛を覗かせる。蟲たちは威嚇するように葉歌を睨んでいる。

「じゃあ彼らに警戒態勢をとるよう命じておいてください」

「……いったい何が起きているの？」

「さあ……何でしょうね……」

珍しい葉歌の深刻な様子に、玲琳は本格的な危機を感じ席から立ち上がった。

葉歌を押しのけるように窓の外を覗き、愕然とする。

玲琳たち一行を警護していた兵士たちが、その場に佇んでいた。そして彼らは皆一様に、ぼんやりと放心しているのだ。魂の抜けた人形か、心を持たない幽鬼のように、ただただ立ち尽くしている。

その異様に玲琳はざわざわと総毛だった。

顔を窓から出して辺りを眺めると、風に乗って花のような甘い匂いが漂ってくる。

そして同時に——

ケエエエエエエエエエエン……

高く細い鳴き声が空気を震わせた。玲琳ははっとして上空に目を凝らす。

そこに一羽の鳥が舞っていた。

巨大な……牛ほども大きな一羽の鳥。全身が黄金色に輝き、キラキラと金の粒子を振りまきながら羽ばたいている。

その姿を認め、玲琳は驚愕に目を見開いた。

「あれはまさか……鶏蠱……!?」

唸るように呟き、勢いよく鍠牙の方を振り返る。

「鍠牙！　息を止めなさい！」

「は？　何だ？　死ねということか？　まああなたがそう言うなら死ぬが……」

鍠牙は困惑しながらも容易くそう答える。

「しゃべっちゃダメですってば！　王様！」

葉歌も険しい顔で叫んだ。

玲琳は怪訝な顔をする鍠牙の胸ぐらを摑んで、無理矢理唇を重ね合わせた。その隙間からギチギチと音をさせて、小さな百足（むかで）が彼の口内へと入り込む。

鍠牙は驚きながらもそれを受け入れた。飲み下し、気持ち悪そうに口元を押さえる。

「毒よ。私たちは今、鶏蠱の毒の攻撃を受けている！」

玲琳はそう説明して窓の外を睨んだ。

「私の蟲を吐き出さないで。その子は鶏蠱の毒がお前の血を穢（けが）すのを防ぐわ」

「けいこ……というのは蠱か？　俺たちは蠱師に襲われているのか？」

「ええ、そういうことよ」

玲琳の口元がわずかに弧を描く。

「どこの誰だか知らないけれど、この私を毒で襲うなどいい度胸だわ」

「まったくだな、ずいぶん無謀なことをする蠱師がいたものだ」

鍠牙も呆れたように言いながら、立ち上がった。全員の視線が窓の外へ向けられる。

放心する兵士たちの向こう、砂埃（すなぼこり）が舞う荒野に優雅な羽ばたきで鶏蠱が舞い降りる。

ケエエエエエエエエン!!

鋭く威嚇するように鶏蠱は鳴いた。

玲琳は大きく目を見開いて鶏蠱を凝視しながら、危うい笑みを浮かべる。

「美しいわね……」

すると、鶏蠱の向こうから、薄汚れた外套（がいとう）を頭から被った怪しげな一行が音もなく姿を見せた。体格から、全員女だと分かる。女たちは静かに馬車へと近づいてきた。

「李玲琳……ですね？」

女たちの一人が馬車に向かってそう問いかけてくる。

「なるほどな、やはりあなたの客人か」

鍠牙がやれやれとため息をついた。

「どうやらそのようね」

玲琳はふっと笑って馬車の扉を開け、外へ出た。鍠牙もそれに続いて馬車から降りると、軽く肩を動かして深呼吸した。

「私に何の用かしら？」

玲琳は軽く腕組みして尋ねる。しかし、女たちは何も答えず——

「主（あるじ）の命でお前を攫（さら）いにきた」

代わりに、背後から突然そんな声が聞こえた。

玲琳が驚いて振り返ると、そこに見知らぬ年若い男が立っていた。

異様に目つきの悪い二十代後半と思しき男。両の腰に一振りずつ剣を佩いており、二刀流の剣士と見える。

何の気配も前触れもなく、男は突如としてそこに現れたのだ。

玲琳が何も反応できずにいると、男は玲琳に向かって手を伸ばしてきた。

その手が触れる寸前、鍠牙が無言で剣を抜こうとした。しかし男は鍠牙を一瞥し、凄まじい速さで鍠牙の腹に蹴りを叩きこむ。鍠牙は避けることもできずまともに食らい、地面に頽れた。

呆然としていた玲琳は、そこでようやく警戒心を発動させる。

この男は危険だ。一つの躊躇もなく全力で撃滅しなければこちらが殺される――！

「みな出ておいで！」

軽く手を振って命じる。玲琳の中には常に多くの蠱が潜んでおり、命令一つで容易く人を呪うのだ。その危うさゆえ、蠱師は恐れられ、忌み嫌われる。

しかし――男はあっさりと玲琳の手首を捕まえた。

「え……？」

玲琳は想定外のことに呆然とした。玲琳に潜む蠱は――その姿を一匹たりとも見せなかったのである。蠱たちが玲琳の命令を無視したのだ。

どくどくと鼓動が速まる。こういう現象を引き起こす人間を、玲琳は他にも幾人か知っていた。この男は……まさか……

「無駄だ、俺に毒は効かない」

男が呪詛のような言葉でそう告げたその瞬間、彼に向かって短剣の刃が襲い掛かる。

男は玲琳の手を放し、一瞬で飛びのいた。

「あなたいったい何者です？」

詰問したのは葉歌だった。

男は上から下まで彼女を眺め、身構えながら正対した。

「……お前が森羅か」

その言葉に葉歌の表情が変わった。

「……何故その名を知っている」

「斎に巣くう蠱毒の民の暗殺者……その中で最も強い者の符丁……だろう？」

「何故知っているかと聞いている！」

葉歌はにわかに声を荒らげた。いつもとは別人のような怖い顔で男を睨む。

いつもの彼女しか知らない者が見たら度肝を抜かれただろう。

この女はただの女官ではない。斎から密命を受ける間諜であり、蠱毒の民に仕える暗殺者でもある、化け物じみた女なのだ。

しかし男は、葉歌に睨まれても眉一つ動かさなかった。

「答える筋合いはないな。お前は今ここで死ぬ。聞いたところで意味はない」

酷薄にそう告げると、男は一瞬ぐっと身を屈(かが)め、凄まじい勢いで葉歌に斬りかかった。葉歌は短剣でその斬撃を受け、男の首筋を狙う。

とても玲琳の目では追いきれない攻防の中、両者の間には幾度も火花が散り、その力が拮抗(きっこう)していることを示す。

「……まずいな」

男に蹴られて蹲(うずくま)っていた鍠牙が、立ち上がって呟いた。

「お前、無事だったのね」

「死んだとでも思ったか？　生憎(あいにく)だったな」

鍠牙は皮肉っぽく言いながら後ろに目を走らせ、馬たちすら正気を失いぼんやりと立ち尽くしているのを見ると苦い顔になる。

「姫、あなたの蟲の中に、ここから逃げる手段を持つ者はいるか？」

彼が何を案じているか、玲琳はすぐに分かった。

「葉歌が負けるとでもいうの？」

「いいから答えてくれ」

「……蟲たちがさっきから私の声に応えてくれないわ」

玲琳が眉を顰めて答えると、鍠牙の表情も苦みを増す。

「……前にも一度あったな、蟲たちがあなたの言うことを聞かなくなったことが」

玲琳は無言で顎を引いた。彼の言う通り、嫁いでしばらくしたころ同じようなことがあったのを覚えている。

鍠牙は難しい顔で一考し、

「姫、馬も毒にやられているようだが、それだけでもどうにか治せないか？」

「私たちだけで逃げるということ？」

「葉歌は俺たちを庇（かば）って戦っている。邪魔だ」

邪魔というのはもちろん王である己と王妃である玲琳を指している。

「無理ならせめて馬車の陰に隠れよう、二人と距離を取った方がいい。全力を出せないままだと葉歌が死ぬぞ」

鍠牙がそう言って玲琳の腕を引っ張ったその時、拮抗していた戦局が変わった。

男は葉歌との戦いをあっさり放棄し、玲琳と鍠牙に襲い掛かってきたのである。

「姫！　伏せろ！」

鍠牙がそう言って玲琳を庇い、地面に押し倒す。大きな体に押しつぶされ、玲琳は辺りが全く見えなくなった。

ほんの数拍の暗闇の後、辺りはしんと静まり返った。

「これで邪魔者は消えたな」

男の低い声が静寂を破る。玲琳は鍠牙の下から這い出て振り向き、目の前の光景に愕然とした。

鍠牙にもたれかかるように倒れ、斬られた背中から血を流して呻いている葉歌の姿があった。

「俺を庇ったのか、馬鹿なことを……」

鍠牙は葉歌を抱き起こしながら苦々しげに呟く。彼女の血が鍠牙の手を染める。

「……王様が死んだら……困りますもの……だけど……王様こそ……」

葉歌は掠れた声で答え、また苦しげに呻いた。

「しゃべるな」

鍠牙はそう命じると、葉歌を地面に横たえ立ち上がった。

そして男に向き直り――

「よし、降参だ」

そう言って両手を上げた。

「俺たちはお前に逆らわない。どこへなりと連れていくがいい」

「お前……何を言い出すの！」

「王様……！　バカなことを考えるのは……やめてください！」

玲琳と葉歌は同時に怒鳴る。

男も悪い目つきで鍠牙を睨んだ。

「お前は……魁の王か？　お前まで連れてこいとは言われていないな」

「そうか、だが彼女を連れていくなら俺も行こう。俺は魁の王でもなければ李玲琳の夫でもない……蠱毒の里の次代の里長に支配される蠱だ。それなりに利用価値があるし、お前たちの命令にも服従しよう」

さらりとそんなことを言い出した一国の王を、男は怪訝な目で見やる。鍠牙は軽く笑って続けた。

「その代わり、森羅を殺すな。正気を失っている兵たちの命も見逃してほしい。そうすれば、俺たちはおとなしくお前の言いなりになろう」

「王様！」

葉歌が血を吐くような叫び声を上げたが、鍠牙は彼女を見もしなかった。

男がわずかに驚きの表情を浮かべる。

「……お前には王としての誇りがないのか？」

「言っただろう？　俺は彼女の蠱だ。勝てない相手には逆らわないさ」

「屈辱を呑んで臣下の命を守ろうというのか……」

「まあそういうことだ」

「大した男だ」

男は勝手に感心したらしかったが、玲琳はこの嘘吐きめと胸中で怒鳴った。

こんなことに、鍠牙は屈辱など感じない。それを恥とも思わない。己の弱さと惨めさを痛いほどに知っていて、それを躊躇いなく利用する――これが楊鍠牙という男の危うさと恐ろしさだと知る者は少ない。

「姫、あなたにも納得してもらえるか？」

鍠牙は玲琳を地面から引き起こした。

玲琳は辺りを渋面で見やる。玲琳の蟲はいまだなりを潜めている上、葉歌は負傷して動けない。兵たちは主を守るどころかいつ命を奪われてもおかしくない状況だ。

つまり――どうあがいてもこちらに勝ち目はないのだ。これ以上抗えば、自分たちはここで死ぬことになる。

「……仕方がないわね、行きましょう」

玲琳は土のついた裾を払いながら答えた。

「お妃様!!」

葉歌が怒鳴りながら立ち上がろうとして、傷の痛みにまた呻く。

「おとなしくしていなさい。これは蠱毒の里の次代の里長としての命令よ。お前に拒む権利はない。死んだら……お前を許さないよ」

その命令に葉歌はぐっと歯噛みして言葉を失った。

「さあ、私たちを連れていきなさい」

玲琳は男に向き直って居丈高に命じた。


玲琳と鍠牙は荒野の岩陰に隠されていた荷馬車に乗せられた。

むき出しの荷馬車は酷く粗末な印象で、同じ荷台には件の男と五人の女たちが乗っている。そして男の肩の上には、鷹ほどの大きさに縮んだ鶏蠱がとまっていた。

「私たちをどこへ連れていくつもり？　お前たちは何者？」

玲琳の問いに、女たちの一人が冷ややかな目で答える。

「私たちは古くから飛国に巣くう蠱師一族……族長の命によりこれからあなたを飛国へと連れていきます」

「飛国の蠱師……？」

その存在を話に聞いたことはあった。つい先頃、王女の護衛役である苑雷真の母が自死した折に、その存在を耳にしている。

「そっちの男は？」

玲琳は鶏蠱を肩にとまらせた男に目を向けた。

「これは私たち一族に忠誠を誓う奴隷。名は骸と言います」

「そう……それでお前たちは、私にいったい何の用事かしら？」

「答える必要はありません。黙ってついてくれば分かります」

蠱師の女は冷たく言い捨て、それ以上何も言おうとしなかった。

「やれやれ……とんだことになってしまったな」

鍠牙が荷台に片膝を立てて座り、ため息をついた。

「そう思うならお前は残ればよかったのよ」

「冗談だろう、あなた一人を正体の知れない怪物の群れに攫われて、俺が正気でいられるとでも？」

「ならば最後まで付き合いなさい。王など一人二人死んだところで誰も困りはしないのだから、兵士たちを助けてやる方がよほど重要よ」

「同感だな」

そんな会話を交わす二人を、蠱師たちは怪訝な目で見ている。しかし、誰も話しかけてはこなかった。何の説明もなく、二人はただ攫われてゆくしかなかった。


旅はその後三日間続いた。

食べるものも休息も与えられたが、玲琳も鎧牙も手首を胸の前で縛られ自由を奪われていた。そのうえ荷台で寝起きするのは初めてで、玲琳はなかなか眠ることができなかった。

対照的に鎧牙はずいぶんと怠惰にほとんどの時間を寝そべって過ごし、気ままにぐっすりとよく寝ている。いつもなら眠るたびに見る悪夢も、どういうわけだか見ていないようで起きもしない。

まさか王の責務から解放されて喜んでいるのではあるまいなと、玲琳は何度も疑う羽目になった。

旅の途中、玲琳は何度も蟲を外へ出そうと試みたが、一匹も姿を見せることはなかった。傍には必ず毒の効かぬ件の男――骸がいた。

葉歌と同じ体質で、葉歌を倒すほどの男……この男が傍にいる限り、玲琳も鎧牙も逃げ出すことはできないのだ。ならば諦めて彼らに従うほかはなかった。

いったい彼らは何故玲琳を攫ったのか……この先玲琳をどうするつもりなのか……何も分からないまま運ばれてゆく。

そうして玲琳たちを攫った一行は、飛国の都へと帰りついた。

都の名は角莎（かくしゃ）といい、大陸の西方に位置する古き大国にふさわしい壮麗な景観で、人々の着ているものや建物の色彩が鮮やかだというのが第一印象だった。

整然と建ち並ぶ建物は上に長く、箱に似ている。そんな建物が連なる街の一角で荷馬車は止まった。

目の前にそびえるのは大きな屋敷だった。形はやはり箱に似ていて、白く塗られた壁がまばゆい。

「降りなさい、白亜様がお待ちです」

女たちは玲琳と鍠牙を荷馬車から下ろすと、屋敷の中へ二人を案内した。

「白亜というのは？」

「私たちの長……飛国の蠱師一族の族長です」

女は振り向きもせずに答え、地下へと下り始めた。玲琳と鍠牙も手首を縛られたまま後に続く。そして最後尾には骸が……

地下へ下りると、玲琳たちは広い部屋に通された。そこにはたくさんの棚が並び、雑多なものが押し込められていて圧迫感がある。

部屋の中央には二十人近くの女が集い、車座になって煮えたぎる鍋を囲んでいる。室内は暗く、妖しげな儀式を行っているようにも見えた。これが飛国の蠱師一族……玲琳は不思議なものを見るような奇妙な心地になった。

そして蠱師たちの周りには、彼女らを守るように五人ほどの男が立っていた。男たちは粗末な格好をして、何故か全員顔や腕に痣を作って暗い顔をしている。骸と同じ蠱師たちに従う奴隷……そんな風に見える。

「無事に目的を果たして戻りましたわ」

その声に、鍋を囲んでいた蠱師たちは一斉に顔を上げ、こちらをぎょろりと睨んだ。

痛いほどの圧を感じ、玲琳は息を呑む。

女たちの眼差しは玲琳ただ一人に注がれていた。怨嗟の声が吹き出すかのような強い目——何も言われずともすぐに分かった。彼女らは玲琳を憎んでいる。

何故自分がそんな憎悪を向けられるのか……心当たりがありすぎて逆に思い当たらない。

玲琳は手荒く突き飛ばされるように部屋の中央へ押し出された。縛られたままでは踏ん張りがきかず、たたらを踏んで床に座り込む。

蠱師たちはゆっくりと立ち上がり、玲琳を取り囲んだ。

「これがあの悪鬼の娘……」

「何て忌々しい……今すぐ八つ裂きにしてやればいいわ……」

「いいえ、もっと酷い目に遭わせてやらなくては……」

口々に呪詛の言葉を吐き出す。悪鬼の娘——その言葉が耳に残った。

「お前たち、私にいったい何の用かしら？」

玲琳は縛られて憎悪の眼差しを受けながら、平然と女たちを見上げた。

「肝の据わった女だね……」

掠れた女の声が部屋の奥から返ってきた。暗く影になった場所から一人の女がぬるりと姿を見せる。

「白亜、戻ったぞ」

そう言ったのは骸だった。

白亜――それは彼女たちが長と呼んだ女の名だ。つまり、これが飛国の蠱師一族の長……玲琳は彼女に見入った。

三十代中頃の顔色が悪い女だ。白地に派手な刺繍(ししゅう)が施された衣を纏い、手には古めかしい杖(つえ)を握っている。造形的な美しさとは無縁であろうが、醸し出す毒の気配は玲琳の美的感覚を刺激した。

「お帰り、骸、ムグラ。こちらへおいで」

白亜はそう呼びかけた。すると、骸の肩にとまっていた黄金の鳥、鶏蠱が大きく羽ばたいた。室内を優雅に飛び、白亜の肩にふわりととまる。

骸も鶏蠱に続いて白亜の傍へ歩み寄る。厳(いか)めしい男の頬を、白亜はそっと撫でた。

「よくやってくれたね、骸」

「お前の命令だからな」

骸は淡々と答える。

「いい子だ……お前は私の一番大切な奴隷だよ」

満足そうに言い、白亜は玲琳の方を向いた。縛られて座り込む玲琳を見下ろし、目を細める。

「……お前があの悪鬼の娘か……少しも似ていないな」

ざらりと耳を撫でる声で言う。玲琳の眉がぴくりと動いた。

「悪鬼というのは私のお母様のことかしら？　お前はお母様を知っているの？」

「お前が李玲琳で胡蝶の娘なら、悪鬼というのはお前の母親のことだ」

その答えに玲琳は瞠目（どうもく）した。

「へえ……私のお母様を悪鬼と呼ぶの。まあ、否定はしないわ」

くっと挑発するような笑みを浮かべてみせる。嘲笑を突きつけられた白亜の眉間に深い皺（しわ）が刻まれた。

「それで？　お母様を知る蠱師のお前が何故私を攫ったのかしら」

「そうだね……お前を殺すためだ」

白亜は掠れた声で、静かに告げた。

「へえ……私はお前たちに何かしたかしら？　私はお前たちの存在すら今まで知りもしなかったのだけれど？」

玲琳の発言に蠱師たちの怒気が増し、ざわつく。そんな中、白亜だけは笑った。

「そうか……知らないか……。やはり胡蝶の娘だな、どこまでも人を虚仮（こけ）にしてくれる……」

そう言うと、白亜はゆっくり玲琳に近づいてきて、床に座したままの玲琳を見下ろした。逆光で、その表情が見えづらくなる。

「理由が聞きたいなら教えてやろう。私がお前を殺すのは、お前が私たちの邪魔をしようとしているからだ」

彼らの邪魔……？　どういうことだろうか？　玲琳が王宮を出立したのは、榮覇に呼ばれて会談に同席するためだ。それが彼らの邪魔になるということは……

「……お前たちは斎と飛の同盟を阻止しようとしているの？」

「そういうことだ」

「榮覇を呪った私の蠱を引き裂いたのはお前たち？」

その問いに、白亜はさも愉快そうににたりと笑った。

「ああ、そうさ。お前の蠱一匹引き裂くなど造作もない」

一瞬激しい怒りを感じながらも、玲琳は皮膚の上で平静を保った。

「こんなことまでして、何故同盟を阻止しようとしているの？　そもそも、私を殺したところで、会談が中止になるわけでも同盟の話がなくなるわけでもないわ。お姉様はお決めになったことなら必ず実現させる方よ。お前たちがこんな薄汚い地下で何をしようと、両国の同盟は結ばれるわ」

玲琳は挑発するように断言するが、白亜は怒りも戸惑いもせず小首をかしげた。

「お前の死骸を見ても、李彩蘭は同盟を結ぶと思うか？」

自身の命を天秤に載せられたかのようなその問いに、玲琳は皮肉っぽく笑う。

「私の死骸ごときでお姉様の行動は変わらないわ」

斎帝国の女帝李彩蘭は女神のごとく、美しさと賢さと優しさを兼ね備えた女だ。そして女神のごとく、必要とあればどこまでも残酷になれる恐ろしい女だ。今ここで玲琳が殺されても、彩蘭は飛国を敵と見なしたりしないだろう。必要とあれば、玲琳の命も切るだろう。

しかし白亜はかすかに口角を上げた。

「いいや、それでも同盟は結ばれないさ。いくら李彩蘭がその気だろうと、相手にその気がなければ同盟など結ばれない。そうですね？」

首を巡らせて棚に隠れた部屋の向こう側へ問いかける。するとその陰から一人の男が無言で現れた。玲琳は見覚えのない男だったが、背後に立っていた鍠牙が愕然と目を剝いた。

「榮丹殿……か？」

その名には玲琳も覚えがあった。

かつて玲琳は、飛国の王子である燭榮覇の蠱病を解蠱したことがある。その折に顔を合わせた榮覇の弟――彼の名が榮丹だ。第三王子ではあるが、正妃の息子であるため王位を継承する予定だと聞く。

「榮丹殿、これはいったいどういうことだ？　あなたが黒幕だとでもいうのか？」

鍠牙が重い声で問いかけた。榮丹は一瞬ぎくりと体を震わせたが、妙に熱っぽい目で答えた。

「その通りです、楊鍠牙陛下。命じたのは私です。私が彼女たちに命じて、あなたたちをここまで攫ってこさせました」

「何のために？」

「白亜の言うことを聞いていれば間違いないんです！」

その答えに、玲琳と鍠牙は同時に怪訝な顔をした。

「玲琳様、楊鍠牙陛下、あなたたちもお分かりでしょう？　蠱師は素晴らしい存在だ。彼女たちの言うことを聞いていれば、全て上手くいくんです。この国を導くためには、彼女たちの力が必要なんです！　王位を継ぐはずだった第一王子の兄が亡くなり……父が臥せってから、私はずっと王位を継ぐ重圧に押しつぶされそうで……けれど、そんな私を彼女たちはずっと陰ながら支えてくれていたんだ。それなのに……」

そこで榮丹は悔しげに歯噛みした。

「榮覇兄上は！　分かってくれない！　斎と同盟？　ありえないことです！　あの国は蠱師を忌み嫌っている愚かな国じゃないか！　そんな国と同盟を結ぶなんてどうかしている！　兄はまともな判断ができなくなってしまったんだ！」

　感情的に声を荒らげ、そこでひきつるように笑った。

「ああ、安心してください、蠱師である玲琳様を本当に殺したりはしません。会談が失敗に終われば帰して差し上げますよ」

　言いながら、彼はぜいぜいと荒い息をする。酷く興奮していて、彼こそまともな判断ができていないように思われた。

「榮丹様、少し落ち着いた方がいいですね。いつもの薬湯を用意させましょう、向こうで少しお休みなさい。安心するといい、私たちはあなたの味方です。蠱師である私たちが、この国を悪鬼どもから守ってみせましょう」

　白亜がそう語りかけると、榮丹はようやく安堵したように肩の力を抜いた。そのままふらりと倒れそうになるのを近くにいた女が支える。

「榮丹様、こちらです。薬湯を用意いたしますので」

「ああ……ありがとう……」

　榮丹は女に引かれて隣の部屋へと消えていった。

　彼の姿がなくなると、白亜は皮肉っぽく笑った。

「無能な愚者ほど扱いやすいものはないな」

　玲琳は彼女をまじまじと観察し、彼女と榮丹のやり取りを思い返す。

「お前は……何がしたいの？　王族に取り入って、王宮御用達の蠱師にでもなるつもり？　欲しいのは王家の庇護？」

　あまりにも馬鹿馬鹿しくて笑ってしまう。しかし、そんな玲琳を白亜は嘲笑う。

「ははははは！　王家の庇護だと!?　そんなくだらないものを誰が欲しがるものか。私たちが求めているのはそんなものじゃない。なあ、あの王子は愚かだが、一つだけいいことを言った。蠱師は素晴らしい存在だ――とな」

　白亜はにいっと笑った。

「蠱師はこの世で最も優れた生き物だ。ならば、この世を統べるのは蠱師であるべきだと思わないか？」

　その問いに玲琳は唖然とし、返す言葉を失った。白亜は更に続ける。

「蠱師こそがこの世の支配者だ。王族など、所詮私たちの手の上で操られるほどの価値しかない。私はこの国を、蠱師が支配する国にしたいのさ」

　この女は何を……何を言っているのだろう……。あまりのことに、玲琳はただただその場へ座り込み、目の前の女を見上げるしかできなかった。

　そんな玲琳を満足げに見下ろし、白亜は笑みを深める。

「胡蝶の娘……お前の母は斎の皇帝の側室に納まった。だが、そこまでだ。私たちはその上を行く」

「……お前たちは馬鹿なの？」

頭が混乱した玲琳は、思わずそう聞いていた。たちまち白亜は凍り付く。そんな言葉が返ってくるとは思ってもいなかったのだろう。

「国を支配する？　そんなことに何の意味があるというの？　蠱師が国事に関わるなど愚かだわ。お前たちには蠱師の誇りがないの？　世を忍ぶのが蠱師の美学。権力などというものを欲して蠱師の神髄を忘れた己が恥ずかしくはないの？」

玲琳は困惑する思いのままに問いを重ねていた。

「はっ！　お前のように後宮の奥でぬくぬくと守られていた未熟な蠱師には分からないだろう、蠱師がどれだけ不当な目に遭ってきたか……。蠱師を見下し、恐れ、忌み嫌ってきた愚かな民を、一人残らず私たちの足下に跪かせてやる！」

「できるはずがないわ、そんなこと。王族を一人二人籠絡したところで、国の実権を握ることなどできない。王など所詮、代わりのきく駒の一つでしかないのだから。そして、仮にお前たちが実権を握ったところで、民がお前たちに跪くことはないわ。何万という民が、お前たちを忌み、嫌い、排除する。十や二十呪い殺したところで、蠱師が国を支配することなどできはしないのよ」

玲琳は蠱師の力を信じ、誇っているが、圧倒的な数というものがどれほど恐ろしいか知らないわけではない。世界を敵に回せば、蠱師は滅ぶしかない。

しかし白亜は嘲るように笑った。

「いいや、できるさ。私たちはこの国の全ての人間を支配する。そのために私の母はこの鶏蠱を……ムグラを生んだんだからな」

白亜は肩にとまる鶏蠱の翼を撫でた。ムグラというのが鶏蠱の名前らしい。蠱師が蟲に名をつけるのは珍しいと玲琳は不思議に思った。

名は相手を縛るものだ。蠱師が蠱を縛る力になる。だが、逆に言えば他者から縛られる要因にもなりうるのだ。名前一つ呼ばれただけで、蠱を奪われることもある。故に理由がなければ玲琳は蠱に名前をつけることをしない。

「私と母の手で、二十年の歳月をかけてムグラをここまで育て上げてきたんだ。この鶏蠱は一万の血を啜り、百万の人間を操る蠱。民を一人残らず蠱術で操ってしまえば、この国は蠱師に支配される国になるだろう。長かったよ……あと少し……あと少しでムグラは完成する」

玲琳は驚愕した。

精神操作は複雑な術だ。一人操ることも困難だ。ましてや永続的に操るとなると、不可能に近い。少なくとも玲琳はできない。それだけの力を蠱に持たせることはできない。

しかし、この女はできるという。確かに玲琳も、この鶏蠱が千の兵の精神を操る場面をこの目で見た。玲琳は白亜の言葉を頭の中で思い返し、ぞっとする。

この女は——それだけの力を蠱に持たせるため、一万の血をこの鶏蠱に与えた——一万の無辜の人間を喰わせたのだ。

「呪殺の依頼を受けていない人間を殺めるのは、蠱師の美学に反することだわ」

玲琳は忌々しげに顔を歪めた。

「愚劣な民などいくら殺しても構うものか！」

白亜は哄笑するかのように叫んだ。

「だが……お前の言うことも一理ある。一万人という数はあまりに多い。ここまで二十年かかってしまったからな。だが、強い力のある血があれば、一万人も犠牲者を出さなくて済むと思わないか？」

にたりと笑う白亜に、玲琳は彼女の意図をすぐさま察した。

「ああ……お前たちは私の血を……蠱毒の里の次代の里長の血を、その鶏蠱に与えようというのね？」

「そうさ。優れた蠱師の血は千の人間に匹敵する。お前を喰らえば、ムグラはようやく百万の民を操る力を手にいれるだろう。お前を攫うために、今まで飲ませてきた血を少しばかり消費して術を使ってしまったからな、お前にはそれを補う義務がある」

白亜は座り込んでいる玲琳の髪を掴み、乱暴に上向かせた。

「血を一滴残らず啜らせたら、四肢をもいでムグラに喰わせてやろう。だが安心しろ。お前の首だけは残して会談の場へ放り込んでやるよ。忌々しい同盟など阻止しなければならないからな」

「……そんなに斎が嫌いなの？　蠱師を疎んじる国柄がそんなに憎い？」

「ふっ……もちろん憎いさ。斎は……胡蝶の国だ。あの悪鬼が生まれ、皇帝の側室に納まって権勢をふるった忌々しい国だ。あんな国と同盟だと？　反吐が出る」

「何故？」

玲琳は心底理解できず率直に問い返していた。

同じ蠱師である胡蝶を、なぜそんなに憎むのか理解できない。

彼らは胡蝶を悪鬼と呼ぶ。胡蝶に何をされたというのだろうか？

するととうとう玲琳を取り囲んでいた女たちが破裂したように叫んだ。

「何故ですって!?　ふざけるな！　悪鬼の娘め!!」

「お前たちが……あの悪鬼が何をしたか分かっているの!?」

「残虐非道な鬼畜が！　百万回殺しても許せるものか！」

怨嗟の声が室内を支配する。そんな蠱師たちを白亜は片手を上げて制した。

「何も知らない愚かで憐れな女だな。知らないなら教えてやろう。胡蝶は……あの悪鬼は……十四年前、先代の族長だった私の母と、次代を担うはずだった姉たち五人を……皆殺しにしたんだ」

　玲琳は驚いて目を見張った。

　いったいどこでどういう関わりがあったかは知らないが、母は彼らと敵対したことがあるのだ。そして母は彼らを仕留めた。母がどれだけ容赦のない鬼であったか、玲琳は誰より知っている。

　白亜は憎悪に満ちた目で玲琳を見下ろし、続ける。

「蠱毒の民と私たち一族はもともと親交があった。同じ蠱師同士、毒や知識を交換し、技を高め合うためにな……。だが胡蝶は、いつも私たちを見下していたよ。馬鹿の群れだと私たちを罵った。挙句の果てに里を捨て、皇帝に媚(こ)びを売って側室の座に納まった。あんな女に！　私たちの一族が負けるなどありえない！　お前を殺せば私たちの方が優れているという証明になるんだ！　胡蝶の娘！」

　その叫び声に、玲琳は違和感を覚えた。話が少し、ずれているような気がしたのだ。母と姉の復讐(ふくしゅう)……？　いや、違う。

「お前はもしかして……自分たちより優れた力を持っていたくせに平気で里を捨てたお母様に、嫉妬しているの？　お前はお母様のようになりたかったの？」

途端、室内の空気が痛いほどに凍った。

白亜は射殺すような目で玲琳を見据え、突如杖を振りかぶった。

しかしそれが振り下ろされる直前、鍠牙が玲琳を庇って前に出ると、縛られたままの手で杖を受け止めた。

「まあ少し落ち着いて話そうじゃないか」

胡散臭（うさんくさ）く爽やかな笑みを浮かべてみせる。

「大切な家族を殺されたあなたたちが怒るのは当然だ。だが、当時まだ幼い少女だった彼女に何の罪があろうか。少し考えてみてほしい」

「あの悪鬼の技を受け継いでいるというだけで死に値する」

白亜は忌々しげに吐き捨てた。

「ならば、どうしたら俺たちを見逃してもらえるだろうか？　俺たちが命以外に差し出せるものは何かないか？　ほしいものがあれば言ってくれ。あなたたちが望むなら、魁へ移り住んでも構わない。立派な屋敷を用意しよう。確かに魁は飛国に比べれば歴史の浅い国だが、そのぶん蠱師に寛容だ。魁の民はあなたたちを恐れることはあっても、蔑んだりはしないだろう。何せ王の妃が蠱師だからな。どうだ？」

鍠牙はそう誘いかけた。

「あなたたちはただ、誰にも認められないことが寂しかっただけじゃないのか？　支配だの憎しみだのに囚われ続けていいのか？」

彼の表情はあまりに真摯で、そこには一片の嘘も曇りもないように思われた。

蠱師たちはそんな風に言われたことなどなかったのだろう、戸惑いの様子を見せる。

「だから俺たちと……」

更に何か言いかけたところで、鍠牙は横から腹を蹴られた。

鍠牙は呻き声をあげ、床へ倒れる。

「くだらない話をするのはやめろ」

蹴ったのは毒の効かぬ件の男――骸だった。

「弁えろよ。お前はこの場で最も不要なゴミだ」

そう言うと、骸はなおも鍠牙を蹴ろうとした。

「おやめ！　それは私のものよ！　勝手に傷をつける権利などお前にはないわ！」

玲琳はそう言って鍠牙を庇おうとする。

「姫……やめろ……」

鍠牙が苦しげにそう言って玲琳を止めようとし――次の瞬間、突然血を吐き出した。

「鍠牙!?」

玲琳は驚いて彼の肩に手をかける。鍠牙は額にびっしりと玉の汗をかき、苦しげにあえいでいる。

いったい何が起きたのか、玲琳には分からない。

それほど強く蹴られたようには見えなかった。怪我をするほどのものとは思えなかった。なのに何故、彼は血を吐き苦しんでいるのか……

白亜も蠱師たちも困惑の表情を浮かべている。

唯一驚きを表情にのせていない骸が、冷ややかに鍠牙を見下ろした。

「やはりそうか……お前、ここへ来る前から負傷していたな？」

その言葉に、玲琳は極限まで目を見開いて鍠牙を凝視した。

「さあ……何のことだか……」

鍠牙は脂汗をかきながら顔を上げ、無理矢理笑ってみせた。

そんな鍠牙を、骸はもう一度蹴った。

「馬車を襲ったあの時、最初の一撃にはかなりの手ごたえがあった。臓腑が傷ついてるはずだ。それを隠してこんなところまでのこのこついてくる……お前はただの自殺志願者だ」

それを聞き、玲琳は思わず鍠牙の肩を引っ張った。

「お前……何故そんなことを私に隠して……」

しかしその言葉は途中で消えた。鍠牙が恐ろしい目で玲琳を睨んでいた。そのあまりの圧に、言葉が喉の奥へ張り付く。

静まり返った部屋の中、白亜がひきつった笑みを浮かべた。

「そうだったか……はは……お前の命になど用はないが、ちょうどいい。お前もムグラの生贄にしてやろう。人の血を啜れば啜るだけ、ムグラの毒は強くなる。夫婦共々、この世のあらゆる痛みを与えて殺してやろう」

「そこまで彼女の母が憎いか」

鍠牙は蹲ったままぽつりと言った。

「まあ、あなたの気持ちも分からんではない。彼女の母は蠱師でありながら大帝国の皇帝の側室に納まった。かの皇帝は、他に類を見ない美男子だったと聞く。そんな男に見初められ、煌びやかな後宮であらゆるものを与えられていた彼女に比べると……あなたたちはいかにも惨めだ。悍ましい蠱師と虐げられ、つまらない策略を巡らせる日々……嫉妬に我を忘れるのも無理はなかろうよ」

労しげな顔を作り、思いやりすら込めて彼は言う。

この男は何を言っているのだと、玲琳は困惑した。確かに玲琳も嫉妬を指摘したが、そういう意味ではなかった。いったい誰が、そんな話を……

白亜もしばしぽかんとしていたが、言葉の意味を解すとたちまち怒りに顔を紅潮させた。

「お前……何が言いたい？」

「そういう話だろう？　見初めてくれる男もおらず、寂しい暮らしをしているんだろう？　気の毒に……そんなに慰めてほしければ、俺が相手をしてやろうか？」

鍠牙は冷や汗をかいたまま優しく微笑んだ。白亜はわなわなと全身を震わせ、振りかぶった杖でまた鍠牙を打った。

「そんなに殺されたいならお前から殺してやるよ！　愚かな王め！　ムグラに血の一滴まで残らず啜らせ、屍は毒草の肥やしにしてやる！」

怒りの炎に瞳をぎらつかせ、白亜は肩にとまらせた鶏蠱を見た。

「ムグラ、この男を……」

「待て、白亜」

骸が手を横に突き出して彼女の命令を制した。そして鍠牙をねめつけ――

「魁の王、お前……蠱師でもないただの人間風情がとんでもないことを考えるな」

「……何だ、少しは頭が回るじゃないか」

鍠牙は皮肉っぽく口元を歪めた。

「何だ？　骸、どういうことだ？」

「白亜、この男の体には森羅の血が付いている。天敵の血を啜ったりしたら、ムグラがおかしくなるぞ」

その説明を聞き、白亜も周りの者たちもぎょっとして鍠牙を見た。

「残念だ。腕の一本でも喰わせてその鳥をダメにできれば、安い犠牲だと思ったんだがな……」

鍠牙は深々と嘆息し、ぐるりと一同を見回した。

「俺をいくら喰おうと構わんが……彼女に触れたら俺はお前たちを殺すぞ。死体になっても幽鬼になっても……何をしてでもお前たちを根絶やしにする」

彼に庇われた玲琳は、その言葉を聞いてぞくりとした。

まずい……と、今までの経験が警鐘を鳴らした。

玲琳が命を狙われており、逃げ出す手段もないというこの状況……本格的な危機的状況に、鍠牙はおそらくキレ始めている。

この男が本気でキレたら何をしでかすか分からない。

早くこの状況を打破しなければと、玲琳は真剣に焦り始めた。

周りの蠱師たちも酷く警戒したような面持ちになっている。蠱師でもない無力なこの男の妙な圧に、みな圧倒されていた。

が、誰も動けない中、骸が前に出ると鍠牙の脇腹をまたしても蹴った。

「殊勝な心がけだな、望み通りにしてやるよ」

骸は何故かかすかに苛立(いらだ)った様子を見せた。呻いて蹲る鍠牙を踏みつけ、暗い目で見下ろす。

「愛する妻を庇って痛めつけられて満足か？」

そうしてまた蹴る。何度も何度も蹴られ、そのたびに鍠牙は血を吐いた。

玲琳は目の前で繰り広げられる暴虐を、しかし止めることはしなかった。

床に座し、膝に拳を固めてただじっとその様を見つめる。

「……おい、何でお前は止めようとしないんだ。この男はお前を庇ってるんだぞ」

ひとしきり甚振り、骸は鍠牙を踏んだままそう聞いた。

「……その男は私の蟲よ。私を守るために傷つくのは当然だわ」

玲琳は酷薄に答える。変な汗が流れそうになる。

自分が痛めつけられることで玲琳が安全な場所にいる——これが鍠牙の望むこと。

玲琳ができる最大限のことだ。

「薄情な女だ」

吐き捨てるように言い、骸は鍠牙から足をどけた。

「白亜、計画の実行はいつだ？」

じろりと目だけで白亜を見る。

「会談は二十日後だ。西浄までは馬で三日、十七日後……だな」

「そうか……聞いたな？　あと十七日、お前たちを生かしておいてやる」

骸はそう告げると、最後にもう一度鍠牙を蹴った。

「それまでせいぜい愛し合え」

そこでとうとう鍠牙は意識を失った。


玲琳と鍠牙は地下牢（ちかろう）に拘束された。

鍠牙は意識を失っており、床に横たわったまま動かない。玲琳は床に座り込み、鍠牙の頭を自分の膝に乗せていた。二人とも手首を縛る縄は外されたが、牢には厳重に鍵がかかっていて抜け出せそうにない。

長いことそうして微動だにせずにいると、鍠牙の瞼（まぶた）が動いてうっすらと目が開いた。

「鍠牙、生きている？」

問いかけると、彼は苦しげに呻いた。

「この……馬鹿め。どうしてこんな体でついてきたの」

玲琳は起き抜けにそう文句を言う。鍠牙は苦しそうな顔をしたままふっと笑った。

「見抜けなかったあなたの目が節穴だ」

いつもの通りを装った物言いに、玲琳は少しだけ安堵した。鍠牙の頭を床に下ろし、彼の服の胸元を緩める。

「……何だ？」

「傷を診るわ」

「外からでは分からんだろう」

「いいから診せなさい」

玲琳は縛られた痕の残る手で無理矢理彼の服を剝いだ。あらわになった体には、蹴られた無数の痣がある。その中でもひときわ大きな痣が、彼の腹を紫と黒と黄色のまだらに染めていた。

「ここね」

玲琳がそっと触れると、鍠牙は一瞬表情を歪めた。

玲琳は目を閉じ、彼の皮膚にゆっくりと指を這わせてその内側を探る。なぞる指の感覚に、鍠牙の肌は時折震えた。彼の体内には玲琳の蟲がいる。その蟲は玲琳と繫がっていて、彼の肉体をずっと覗いている。玲琳はその蟲と己の感覚を繫げた。自分が現実から切り離され、彼の体内を巡る血液になったかのような感覚……

「ああ……酷く出血しているところがあるわね……。臓腑の一部……血が止まっていないみたい……」

「そうか、まともな死に方はしないだろうと思っていたが、まさか異国で死ぬとは思わなかったな」

言葉の内容に反し、鍠牙は軽く言った。

玲琳はその言葉を無視し、腹の痣に唇をつけた。そしてそこへ強く息を吹き込む。

「熱っ……」

鍠牙は皮膚をびくりと震わせた。そのまましばし苦悶の表情を浮かべて荒く呼吸し、しかし次第にゆるゆると力を抜く。

「姫……何をした？」

「少しは楽になったかしら？」

「……痛みが弱まった」

「お前に飲ませたあの毒百足は血液の流れを操る力を持っているわ。標的の全身から血を噴きださせて殺したり……出血を止めたりもできる。応急処置ではあるけれど、これでしばらくもつはずよ」

その説明に、鍠牙は深々と息を吐いた。

「なるほど……死にそびれたな」

死を口にしながら、その表情には恐れの欠片すら見えない。一歩間違えれば容易く踏み外して、この世に永遠の別れを告げてしまいそうな危うさ……

そんな彼を見下ろし、玲琳はその危うさを吹き飛ばすように言った。

「鍠牙、お前はあの蟲師たちに殺されたりしないわ」

「あなたなら、怪我も病も治してしまうか？」

苦笑まじりに聞かれ、玲琳はゆっくりと首を振る。

「いいえ、お前が本当に殺されかけたら、その命が尽きる前に私がこの手でお前の息の根を止めてあげる。だからお前はあの蠱師たちに殺されたりしないわ。お前は私に殺されるの。安心なさい」

すると鍠牙はわずかに瞠目し、いくつもの痣ができた手を伸ばして玲琳の襟元を引っ張った。抗いきれず彼の上に落ちた玲琳は、怖い顔で夫を睨んだ。

「おやめ、また出血するわ」

「別にいいさ、今あなたに触れたくなった」

「この状況でそんな気持ちになれるなんて、変態を通り越して異常者ね」

「違いないな」

鍠牙はくっくと笑い、その衝撃でまた痛んだ腹に顔をしかめる。

そこで不意に牢の外から声がかかった。

「おい……仲がいいのは結構だが、それ以上蠱を使うなよ」

二人が同時に振り向くと、地下牢の外に骸が胡坐をかいて座っている。彼はここへ来てからずっと、玲琳を監視し続けているのだ。

「これ以上蠱を使ったら、お前の男を殺す。もしくは……お前を犯すことになる」

思いもよらない脅し方をされ、玲琳は面食らった。

「突飛なことを言うわね……お前、私に懸想でもしたというの？　女の趣味が悪いわ。どこかの国王ではあるまいし」

「姫、気を付けろ。それは自分と俺を著しく傷つける言葉だ」

鍠牙がよろよろと起き上がりながら言う。

「くだらない戯言はやめろ。お前のような女に興味はない」

骸は悪い目つきをますます悪くして玲琳を睨む。

「ならばどうしてそんな話が出るの」

黙っていれば美人――というのが玲琳に向けられる評価だが、蠱師である玲琳に劣情を催す男などそうそういるものではなく、玲琳は不可解に眉を顰めた。

「……俺と交わった蠱師は一時的に蠱師の力を失うことになる。俺は蠱の天敵だからな、その匂いが染みついた蠱師を、蠱は主と認識できなくなる。性交は、血を介するのに匹敵する深い関わりだ。旦那の前で犯されたくなければおかしなことはするな。おとなしくしていれば楽に死なせてやる」

最後の不穏な言葉を無視し、玲琳は首を傾げた。

「それほどはっきり言うということは、実証済みなのかしら？」

交わりによって力を失うかどうかは、試してみなければ分からないことだ。

その問いに、骸は歪んだ笑みを浮かべた。

「ああ、そういうことは散々調べ尽くした」

「調べられ尽くした？」

言葉を直して問い返すと、骸は険しい顔で黙り込んだ。それは肯定と同義だ。

「そこまでされて何故お前はここにいるの？　毒の効かないその異常な体質……お前はいったい何者？」

玲琳はずっと気になっていたことを問い質す。

葉歌と同じく毒の効かない男。彼はおそらく……

「お前も想像はついてるんだろう？　蠱毒の里の次代の里長」

骸はわずかに目を細め、威嚇するようにそう聞き返す。

「俺は十二の頃この一族に買われて、蠱術の実験台にされて育てられた奴隷だ。長年そうやって育てられて、毒を飲まされ続けて、毒が効かなくなった。お前たち蠱毒の民も同じことをやってるだろう？」

やはりそうかと玲琳は納得する。母の故郷である蠱毒の里では、里の中で生まれた男たちに同じようなことをする。生まれた時からそう育てられた彼らは、蠱師を殺す力を持ちながら蠱師に服従するのだ。しかし買われた身で忠誠心が生まれるものだろうか？

「恨んでいないの？　お前には他の人生があったかもしれないのに」

玲琳はそう聞いてみたが、返ってきたのは見下すような冷たい眼差しだった。

「……俺には生まれてから買われるまでの記憶がない。気が付いたら酷い怪我をして、俺を買った女たちが周りにいた。俺は小さい頃に親を亡くして、伯父の家に引き取られたんだそうだ。伯父一家は貧しくて……俺は厄介者だったらしい。酷く折檻されてたのを見かねて、女たちは俺を伯父から買ったと言ってた。あまりに酷く折檻されて、記憶をなくしたんだろう……俺にとっては思い出したくもない記憶だ」

「……それは真実かしら？」

玲琳は歌うような滑らかさで重い声を出した。骸の眉が顰められる。

「どういう意味だ？」

「覚えてもいないことを人から聞かされて呑み込むなんて、お前はずいぶんお人好しなのね」

その途端、今まで余裕のあった彼の表情があからさまに変わった。

鋭く目をつり上げ、唇を震わせ、激怒しているのがはっきり分かった。

その豹変ぶりに玲琳は困惑した。そこまで怒らせることを言ったつもりはなかったのだ。

「お前は本当に……悪鬼の娘だな」

骸は唸るような声で言った。

その呼び方には、先代の長を殺されたという蟲師たちと同じ怨嗟の響きがあった。

しかし何故ここで母の話になるのかも、玲琳には分からなかった。

「お前もお母様を知っているのね」

「ああ、よく知ってるよ」

骸は立ち上がり、牢の入り口を開けて中へ入ってきた。

玲琳はとっさに彼と鍠牙を隔てる位置へ体を移動させる。

骸は間近に来ると、目の前にしゃがみこんだ。

毒の効かない二刀の剣士……この男は玲琳を一瞬で縊り殺すことができるだろう。

玲琳が蟲たちに助けを求めても、蟲たちは姿一つ現さないだろう。その危うさに、玲琳はぞくりとする。警戒心と、そしてわずかな興奮に――

「お前の母親には痛い目に遭わされた。娘のお前にその借りを返させてもいいと思わないか？」

「詳しく聞かなければ判断できないわね、お母様に何をされたの？」

玲琳は好奇心に駆られて促していた。

「……お前を楽しませてやるつもりはない」

彼はあっさりそう答え、立ち上がった。

そんな彼を、背後の鍠牙が瞬きもせずに凝視していた。玲琳に危害を加えないよう監視しているのかと思ったが、どうもそういう警戒心とは違う表情に見える。

玲琳は、鍠牙の動向をいささか気にしながらも骸を見上げる。

「ねえ、お母様の話を聞かせなさいよ。もうずっと前にお母様は亡くなったから、私が知っているお母様は少ないの。敵から見たお母様がどれほどの悪鬼だったか、私は知りたいのよ」

挑発するように懇願する。

あと十七日だ……その間に、玲琳は鍠牙を連れてここから逃げ出さねばならない。敵の蠱師に殺されて利用されるなど屈辱の極みであるし、何より自分たちが帰らなければ火琳と炎玲が泣く。だからどうあっても無事に国へ帰らなくてはならない。

そのとき障害になるのが目の前で見張るこの男だ。玲琳は毒の効かないこの男を、倒すか、謀(たばか)るか、或いは籠絡しなければならない。

玲琳が逃げる方法を探るべく骸を観察していると、開いた牢の入り口から突然金色の鳥が飛び込んできた。

一度見たら忘れられない美しさを誇る黄金の鳥。蠱師たちにムグラと呼ばれていた鶏蠱だ。そして、十七日後に玲琳を喰らい殺す蠱である。

しかしその悍ましさと対照的に、鶏蠱の羽は美しく輝いて玲琳を魅了した。

鶏蠱は牢の中をぐるりと一周飛び回り、甘えるように骸の肩へとまった。

「ムグラ、勝手に飛び回ると白亜に怒られるぞ」

ため息のまじる骸の叱責を受け、鶏蠱は骸の髪を啄む。

その様を改めて観察し、玲琳は訝った。

「何故その鶏蠱はお前にとまるの？」

奇妙な話だ。蠱が、天敵の肩にとまっている。

「ムグラの世話は俺がしている」

骸は淡々と答えたが、それは答えになっていなかった。世話をできること自体がおかしいのだ。この男が蠱の天敵なのは間違いない。ならば何故……？

玲琳の疑問を知ってか知らずか、骸は肩にのせた鶏蠱の羽を撫でた。

「こいつはどうしてだか俺に懐いてる。先代の族長が生んだ一番強い蠱だから、俺を恐れないんだろう」

強い蠱だから……？　その言葉は玲琳の矜持を刺激した。

玲琳の体内には、蠱毒の里の里長が長い年月をかけて育て、代々受け継いできた悍ましい毒百足が潜んでいる。それは玲琳が支配する中で最も高い攻撃力を誇る蠱だ。

しかし、その毒百足すら骸を警戒して今はなりを潜めている。目の前の鶏蠱は一万の血を啜り、百万の人間を操る蠱……玲琳の毒百足より強力な蠱だということなのだろうか？

或いは知能の差もあるかもしれない。長く蠱師に仕えた蟲はより賢くなってゆく。玲琳の毒百足は幾度も卵に戻り羽化を繰り返して成長するため、あまり知能は高くないが、この鶏蠱がそれより遥かに賢ければ、天敵への警戒心を知能で抑えることもあるかもしれない。

「……ずいぶん立派な蠱だわ。生まれて二十年くらいと言っていたかしら？」

玲琳はさりげなく尋ねてみた。

「いや、正確には十七年だったはずだ。俺が買われてすぐの頃だな。最初から俺にはよく懐いてた」

その言葉に玲琳は内心驚く。生まれてすぐ懐いたということは、賢さとあまり関係がないかもしれない。だとしたら、鶏蠱はどうして天敵である彼に懐いたのだろう？

「……触ってみたいわ、いいかしら？」

玲琳は無邪気な好奇心を装って手を伸ばした。

「好きにしろ」

そう言って、骸は肩にとまった鶏蠱に目配せする。鶏蠱は易々と彼の意をくみ取り、優雅に羽ばたいて玲琳のもとへと飛んできた。

腕を上げると、鶏蠱はそこへとまった。鷹ほどの大きさがあるが、まるで重さを感じない。霊的存在である蠱ゆえの軽さである。

「あなた……美しいわね。あなたのこの黄金色の翼は、夜に映えるでしょうよ」

玲琳はうっとりと心から微笑んだ。

これが飛国の蠱師一族随一の蠱……。蠱術の師であった母なら何と言っただろうか？　今の里長である月夜（つくよ）なら何と言うだろうか？

これは敵の蠱だ。それでも玲琳はこの蠱を心から美しいと感じずにはいられなかった。飛国の蠱師は、美しい蠱を生み出す優れた術者なのだ。

「それでも、私の生み出す蠱の方が強く美しく悍ましいわ」

玲琳はそう断言した。

真正面から見つめると、金色の鳥は玲琳の目をじっと見つめ返してきた。

不思議な思慮深さを感じる。見つめ合うだけで意思を通じ合うことができそうな奇妙な感覚がある。

「……お前は木偶（でく）人形だ」

唐突に、骸がそう呟いた。

何を言いだすのかと訝る玲琳が彼の方を向くと、骸は皮肉っぽく唇を歪めた。

「お前の母親にそう言われたことがある」

知りたかった母のことを突然教えられ、玲琳は驚いた。

骸は少し離れた場所に腕組みして佇み、忌々しげに眉を寄せる。

「記憶もなくし、心もなくした、生きる価値もない人形だ……とな。散々嘲った挙句、あの女は俺の腹をえぐって消えた」

腕組みした手に力がこもり、怒りの炎が目に宿る。

「あの時俺はずたずたに壊されて……もう二度と元に戻らなくなった。いや……最初から壊れてたのか……どっちにしてもあの女がいなければ俺はそうならずにすんだ。何度も……殺してやりたいと思ったよ」

「何故殺さなかったの？」

母親への殺意を語られても、玲琳は平然と聞き返した。胡蝶は誇り高い蠱師だった。恨みを買うことなど承知の上で、母は蠱師であり続けたのだ。だから玲琳は彼の殺意を否定しようとは思わない。

骸は冷たい目で玲琳を見据えた。その後ろに胡蝶の姿を透かしているかのように。

「俺が殺す前に、あの女は病気で勝手に死んだ」

そこで彼は一度大きく息をついた。

「あれがそういう卑怯な悪鬼だったことを俺は知ってる。その娘であるお前をまともな女だと思うほど、俺は馬鹿じゃない」

そう言い、猛禽類のような鋭い目で玲琳を睨む。

「おかしなことを企むなよ？」

びりっと痺れるような空気を発して彼は言った。

「逃げられないと諦めてあっさり死ぬような女だとは思えない。お前は胡蝶の娘だからな」

「……さあ、どうかしら？　私はお母様とあまり似ていないし」

玲琳は曖昧な笑みで誤魔化した。

「そうだな、顔も雰囲気も全然似てない。だけど……」

そこまで言った時、地下牢に人が駆けこんできた。

「骸、白亜様がお呼びだ。李玲琳とムグラを連れてこいって……」

緊張の面持ちで言うのは、年若い男――いや、まだ十五、六の少年である。

顔や腕にいくつもの痣を作った肉の薄い少年だ。傷だらけでみすぼらしい格好をしているが、顔立ちは恐ろしいほどに整った美少年だ。

おそらく、骸と同じ奴隷であろう。同じような男たちを何人か見たが、全員毒の耐性があるのだろうか？　だとしたら、ここから逃げ出すのはより難しくなってしまう。

考え込む玲琳を、骸は冷ややかに見下ろした。

「胡蝶の娘、白亜が呼んでる。一緒に来い」

「待て、彼女に何をする気だ？」

黙ってじっと傷の痛みに耐えていた鍠牙が、低い声で問い質した。

「言っただろう？　この女の血をムグラに与える。蠱師の血は劇薬だからな。時間をかけて少しずつ飲ませるのさ」

「俺も言わなかったか？　彼女に危害を加えたらお前たちを殺すと」

　事実を淡々と述べるような鍠牙を冷たく見据え、骸は腰に吊った二刀の内の一振りを鞘ごと抜くと、それで鍠牙を打ち据えた。

「そういうことは動けるようになってから言え。まともに戦えもしない体でどうやって女を守るというんだ」

「……彼女の代わりに俺の血を飲ませてくれ。俺も蠱師の血を引いている」

　鍠牙は苦しげに呻きながら訴えた。骸は一瞬驚きを見せたが、すぐに表情を険しくする。

「そんなものに意味はない。血を引いていようが才を受け継いでいなければ意味がない。お前の血には何の力もありはしない」

　そう言って、骸は鍠牙の腹を踏みつけた。

　怪我した場所をきつく踏みつけられ、鍠牙は呻き声を上げた。

「おやめ！　行かないなどとは言っていないわ！」

　玲琳は地下牢に響き渡る大音声で怒鳴った。

「最初からそう言え」

鍠牙から足を退けると、骸は玲琳の腕を掴んで乱暴に立たせた。

「鍠牙、おとなしく待っていなさい、すぐに戻るわ」

玲琳は鍠牙をなだめるように言う。鍠牙は苦しげに息をしながら玲琳を見上げた。

「私は死んだりしないわ」

「ああ、安心しろ。しばらくの間は生かしておいてやる」

骸が玲琳の言葉を引き取ってそう続けた。

鍠牙はもう何も言わず、動きもせず、ただじっと耐えていた。

痛みにではなく、玲琳が連れていかれるということに耐えているのだ。

「必ず戻るからいい子にしておいで」

そう言い置いて、玲琳は牢を出た。

引きずられるように歩き、連れてこられたのはここへ最初に来たとき入った広い部屋だった。相変わらず、部屋の真ん中には鍋が置かれている。その周りに蠱師たちが待っていた。

「遅い！」

不機嫌そうに言ったのは、部屋の奥に立っていた白亜だった。

ずっと骸の肩に乗っていた鶏蠱が白亜の肩へ飛んでゆく。

「こいつの旦那がごねた」

骸はそう言って玲琳を白亜の前に突き出した。

「はは、無様だね。さあ……胡蝶の娘。お前の血をムグラに捧げてもらおうか」

白亜はにたりと笑った。

玲琳は彼女を睨み返しながらも、唇を引き結んで何も言わない。

そんな玲琳の眼前に、白亜は杖を突きつけた。

「逆らっても無駄だ。骸がいる限り、お前は逃げられない」

「……無様はどちらかしらね。己の蟲に自分ではない人間の血を注ぎ続けて無理矢理肥大化させている。お前は自分の血に自信がないの？　蟲師としての誇りがあるなら、自分の血を飲ませればいいのよ」

黙って耐えようと思っていたのに、玲琳はついつい言っていた。昔から、正直にものを言いすぎるきらいがある。こういうところがいつも姉たちを怒らせた。

そしてそれは、目の前の女の神経を逆なでするには十分だった。

「どこまで人を虚仮にすれば気が済むんだ……胡蝶の娘！」

白亜は怒鳴りながらも、頑なに玲琳を名で呼ぼうとしなかった。この女の中で胡蝶がどれだけ大きな存在かよく分かる。嫉妬……羨望……憧憬……この女はそれらの感情に取り憑かれているのだ。

母は何と罪作りなことをしたのか……玲琳は胸中で呟き、腹を括った。

「骸、そいつを沈めろ」

ぶるぶると震えながら白亜は命じた。

骸は無言で玲琳の腕を捕まえ、部屋の中央に置かれている鍋へと引きずってゆく。

巨大な鍋の中には透明な液体が満たされている。最初に見たときは煮立っていたが、今はすっかり冷めていた。

「これは何？」

「お前に飲ませるためのものだ」

白亜は激情を残したまま答えた。

「……私に毒は効かないわ」

「毒じゃない。これはお前の中を清めるためのものだ。穢れのない純粋な毒の血をムグラに与えるための準備さ。骸、やれ」

その命令と同時に、骸は玲琳の頭を鍋の中へ突っ込んだ。冷めた液体に頭を沈められ、玲琳はもがいた。身を捩って暴れるが、拘束する骸の腕はびくともしない。

息のできぬ苦しみの中、玲琳は幾度もその液体を飲んだ。

気を失いそうになる頃、ようやく頭を鍋から引き上げられた。

玲琳は涙や鼻水を流しながらむせかえった。床に伏してぜいぜいと息をしている玲琳を見て、白亜は哄笑を上げる。

「みっともないな、胡蝶の娘！」

嘲笑う白亜の前で、玲琳は呆然と宙を見上げた。

「これは……何？　雪見草……月露草……桃……蜂蜜……あとは何？　知らない味だわ……斎にも魁にもない植物かしら……」

玲琳がぶつぶつ呟くと、白亜も周りの蠱師たちも驚きを顔にのせた。

「胡蝶の娘、お前、この状況で……」

「ねえ、あとは何？　何が入っているの？」

玲琳は液体を滴らせながら白亜を見上げた。その目に白亜は息を呑む。そしてそんな己を恥じるかのように歯噛みした。

「ムグラ！　喰らえ！　この女を喰らってしまえ！　お前の餌だ！」

その怒声を聞いた途端、鶏蠱は肩の上で翼を広げた。たちまちその体が輝き、メキメキと音を立てて巨大化してゆく。天井に着きそうなほどの巨体へと変わると、鶏蠱は爛々とした目で玲琳を見下ろした。

ケエエエエエエエン!!

肉を前にした獣のごとく、獲物を見据えて咆哮する。

玲琳はそんな鶏蠱を見上げ、思わず笑みをこぼしていた。

「ふふ……あははははははははははは!!」

けたたましい笑い声に蠱師たちはぎょっとする。

逃げなければと思っていた。なんとしても無事に帰らなければと……。しかし、未知の液体を飲まされたという屈辱は奇妙な喜びに転化して、ふつふつと高揚感が湧き上がる。

逃げる……？　なんという可愛らしいことを考えていたのだろう。

「いいわ……私を喰らってみせなさい」

玲琳は獰猛な笑みを浮かべて立ち上がった。

「この私を……蠱毒の里の次代の里長たるこの私を……胡蝶の娘を喰ってみなさい！」

この場の全員を捻じ伏せて、跪かせてやる！　そんな激情に突き動かされて叫んだ。

鶏蠱はもう一度部屋を震わす咆哮を上げ、玲琳に向かって襲い掛かってきた。

巨大な嘴が玲琳の肩を嚙む。鳥にはあり得ぬ鋭い牙が突き立てられる。どくんと強制的に鼓動が跳ね上がり、強烈な痛みと共に自分の身の内を啜られるのを感じる。

永遠のような一瞬――

「ムグラ！　そこまでだ！」

白亜の声が響き、痛みがようやく遠ざかる。

玲琳はがくんとその場に膝をついた。

血のにじむ肩を押さえる。

目の前には、いつの間にか小さく縮んだ鶏蟲が飛んでいた。

にいっと笑い、玲琳は目の前が白くなってそのまま意識を失った。


気が付くと、玲琳は牢の中に横たわっていた。

目を開けた瞬間ぎょっとする。玲琳を凝視する鍠牙の真顔が目の前にあった。

鍠牙の膝を枕にして眠っていたのだ。

「お帰り、姫」

その声にぞっとして身動きすると、肩に痛みがあって顔をしかめる。起き上がりながら手を触れると、どす黒い薬草が手についた。ムグラに嚙まれた傷痕に、薬草が塗られている。

「血を飲まれたのか？」

「……ええ、飲ませたわ」

その言葉に鍠牙はぴくりと眉を跳ね上げた。

「飲ませた……？」

「ええ、飲ませたわ」

堂々と言って、玲琳は大きな目で鍠牙を見据えた。

「逃げるなどという愚かしい考えは捨てなさい。蠱師が蠱術の餌食にされて、おめおめと逃げ出せというの？　いいえ、あれは敵よ。蠱師の誇りにかけて滅しなければ」

「いったいこの状況でどうやって？」

「もちろん私は蠱師なのだから、蠱術を使うわ」

すると鍠牙は呆れた顔になり、久々にふっと笑った。

「姫、俺はあなたのそういうところが可愛くて可愛くて仕方がないが、ここはおとなしく逃げることを考えよう。誇りなど犬にでもくれてしまえ」

「私に膝を折れというの？」

「ならば代わりに俺が折ろう。奴らの足を舐めても構わん」

「好きになさい。私はようやく自分が蠱師であることを思いだしたのだから」

そこで牢の扉がガシャンと外から叩かれた。

「お前たち、馬鹿なことを考えるのはやめなさい」

骸の代わりに、蠱師の一人が見張りをしているのだ。

「白亜様と骸から逃げられるはずがないでしょう？　お前はおとなしくムグラの餌食になるしかないのよ。そして胡蝶の娘に生まれたことを悔やむがいいわ！」

そう言ってもう一度牢を叩く。

玲琳は彼女に向かってにやりと笑った。

「いいえ……私ではなくお前たちが後悔することになるわ。この一族に生まれたことをね」

あと十七日……その間に、玲琳は彼らを捻じ伏せてみせる。

「だからお前も、それまで死んではダメよ」

玲琳は傍らに座る鍠牙を振り向きそう言った。

鍠牙は爛々と目を輝かせる玲琳を見つめ——

「いいや、俺たちは逃げることを考えるべきだ」

優しく諭すようにそう言った。

第二章　逃走あるいは闘争

その頃――魁の王宮には激震が走っていた。

王と王妃を警護するために旅立った隊列が、主を失い戻ってきたのである。

兵士たちは何が起きたのか全く覚えておらず、気づけば荒野に佇んでいたのだという。そして王妃の寵愛する女官が、酷く負傷して戻ってきたのも皆を動揺させた。

異常事態が起きているのだ。

数日のあいだ意識を失っていた女官は、目覚めるとすぐ何が起きたのか説明した。

曰く、謎の蠱師の一行に襲われ、王と王妃が攫われた。

誰もが信じがたい気持ちでいっぱいだった。

あの王妃が――凶悪で頼もしい蠱師の玲琳が――むざむざ攫われるなどありえないことだったからだ。

緘口令が布かれたが、それでも噂はたちまち王宮中に広まった。

そしてとうとう、父と母の帰りを待ちわびていた王女と王子の耳にもその噂は届いてしまったのである。

「葉歌！　お父様とお母様が攫われたって本当なの!?」

負傷して療養していた葉歌の部屋に、双子は飛び込むなり尋ねた。

「葉歌が付いていながらどういうことなのよ！」

火琳は泣きそうになりながら叫ぶ。

「申し訳ありません……」

葉歌は苦しげに言いながら起き上がった。

「おきちゃダメだよ！」

炎玲が慌てて再び寝かせようとするが、葉歌はそれを固辞して寝台に座る。

珍しく厳しい表情を浮かべている葉歌に、火琳は真剣な顔で話しかけた。

「葉歌、私たちはお前の正体を知ってるわ。そのお前が勝てないような相手がお父様とお母様を襲ったんでしょう？　二人はこのままだと殺されちゃうかもしれないわ。すぐに助けに行かなくちゃ」

「……ですが、お二人がどこにいるのかも分からないんです」

葉歌は悔しげに布団を握った。

「……僕、たぶんお母様をみつけられるとおもうな」

炎玲の言葉に、葉歌と火琳は同時に驚きの表情を浮かべた。

「お母様にもらった蠱があるから、お母様の居場所ならわかるとおもう」

「そうね！　あなたならできるわ。お母様の居場所を捜して迎えに行きましょう」

「ダメです！」

喜色に彩られる子供たちを、葉歌は鋭い声で止めた。

「ダメです、お二人とも。お父様とお母様は、自分よりあなた方の安全を優先するはずです」

「じゃあお父様とお母様を見捨てるっていうの⁉」

愛らしいまなこをつり上げて火琳は怒鳴る。葉歌は静かに首を振った。

「私が行きます。三日ください……三日で動けるようになってみせます。お二人の蝶を貸していただければ、私が命に代えても王様とお妃様を連れ戻します。私が勝てない相手なら、他の誰も勝てません」

冷ややかな気配を滲(にじ)ませる女官に、双子は息を呑んだ。

「だからどうか、お二人は危ないことをしないでくださいまし」

念を押され、二人はこくんと同時に頷いた。頷くしかなかったのだ。

深夜――火琳は寝台で目を開いた。横を向くと、通じ合うように双子の弟と目が合った。二人は頷き合い、共に寝ていた女官の秋茗(しゅうめい)を置いてそっと部屋を抜け出した。

　手を繋ぎ、音を立てないようほてほてと廊下を歩いてゆく。

「火琳がかんがえてることわかるよ」

「あなただってどうせ同じこと考えてたんでしょ」

「うん、お父様とお母様をたすけたい。でも、いくら葉歌だって三日でけがをなおすなんてむりだよ」

「そうね、葉歌は蠱毒の民だから、お母様のために命だって投げ捨てるでしょうけど……お母様はそんなの喜ばないわ」

「うん、だから僕らでお父様とお母様をたすけよう」

「そうよ、私たちならできるわ」

　そう言い合い、二人は後宮の一角にある部屋を訪ねた。

　きょろきょろと辺りを見回し、誰も見ていないことを確かめてこっそりと部屋に入る。真っ暗な部屋の中を這うように進み、奥の寝台へと近づくと、そこに寝ている人物を布団の上から二人して揺すった。

「ねえ、起きてちょうだい」

「おねがいだよ、おきて」

　幼子の懇願に、その人物はすぐ目を開けて起き上がった。

目を凝らして暗がりにいる幼子を認めると、その人物は眉を顰めた。

「え……夜這い？　十年早いですよ」

「バカなこと言わないで、紅玉」

火琳が文句を言うと、部屋の主――紅玉はがりがりと頭を掻いてあくびした。

「で？　何の用なんです？　嫌な予感しかしませんけどね」

ため息まじりに聞かれ、双子は同時に身を乗り出した。

「黒をかしてほしいんだ」

炎玲が真摯に訴えると、紅玉はしばしそのまま身じろぎもせずに思案し、わざとらしくバカでかいため息をついた。

「やっぱりね、嫌な予感がすると思った」

彼女が悪態をつくと同時に、寝台の足元で丸まっていた黒い塊がのそりと起き上がった。

まっ黒な……闇に同化するほど黒い犬。名を黒というこの犬は、ただの犬ではない。蠱術によって生み出され、今は蠱師である玲琳に支配されている蠱の一種――人は犬神とそれを呼ぶ。

そして犬神と同じ寝台で寝ていた紅玉は、元々斎の宮廷に仕えていた占い師でありながら、今は魁の後宮に犬神の世話係として雇われている女官であり、そしてこの犬神の妻でもある女だった。

　犬神は音もなく寝台を歩き、紅玉に寄り添った。その黒々とした毛並みを紅玉は撫でる。

「陛下とお妃様が攫われたというのは聞きました。王宮中が騒ぎになってますからね。まあ、私には関係ないですけど」

「そんなの嘘よ」

　興味なさそうな紅玉に、火琳は強い口調で言った。

「お父様とお母様が攫われたって知って、お前……王宮中の人間を片っ端から占ったんですってね」

　その指摘に紅玉の目が鋭く細められる。

「お前はあらゆる過去とあらゆる未来を覗き見る占い師なんでしょう？　お父様とお母様を助ける未来を覗こうとしたんでしょう？　大勢占いすぎて倒れちゃったって聞いたわ。関係ないなんて嘘よ」

　断言され、紅玉は気まずそうに目を逸らして頬杖をついた。

「……ええ、あなたたちが今夜ここに来るのは分かってました。で？　何なんです？あなたたちは黒の力でお父様とお母様を助け出そうとか考えてるんですか？」

　双子は同時に頷いた。この女と犬神がどれほどの力を持っているか、二人はよく知っている。しかし――

「あんたたち……バカなの？」

紅玉は乱暴な口調で切って捨てた。

「あのお妃様を攫うような相手なのよ。何の力もないガキのあんたたちに何ができるっていうのさ」

　この女が後宮へ仕え始めて半年近くが経つ。ここへ来た当初こそ礼儀正しく優雅に振る舞っていた彼女だったが、今やその面影は微塵もない。下町の粗野な女――というのが彼女の印象であった。そしてこの後宮の中で、王女と王子である双子に最も敬意を払わない人間でもある。

　女官も衛士もみな火琳と炎玲には優しく、いつも甘やかしてくれる。だというのに、この女官が双子への優しさを示したことは一度たりともなかった。

　しかしこの女官のこういうところが新鮮で、双子は何かにつけて彼女に構いたがるのだが、いつもすげなくされて終わるのである。それはこの夜も変わらなかった。

「私には子供がいませんから、親の気持ちなんてものは分かりませんけどね……だけどお妃様も陛下も、自分の安全よりあなたたちの安全を望むと思いますよ。それでも行くっていうんですか？」

「だって……だって、お父様とお母様が……」

双子はぷるぷると震え……同時にわあぁんと泣き出した。こういう場で火琳が泣くのは珍しく、紅玉はぎょっとした顔になる。

「あのねえ……泣いたって何も解決しませんよ」

紅玉は煩わしげに嘆息する。本当にこの女官は優しくない。彼女は二人を、全く子供扱いしないのだ。

しかし——彼女の傍らに立っていた犬神は違った。彼はぶるんと身を震わすと、さほど広くもない部屋の中でたちまちその体を巨大化させ始めた。

「黒衛(こくえい)！」

紅玉が鋭く叫ぶ。けれど犬神は世話係——あるいは妻の言葉を聞きもせず、めきめきと体を大きくし、牛ほどの大きさになった。

火琳と炎玲は目を丸くし、ぱあっと顔を輝かせる。

「黒！　ありがとう！」

双子は同時に言って犬神に飛びついた。犬神は身を屈め、幼子が乗りやすいようにする。

「ああもう……やっぱりこうなるのか……仕方ないね、手を貸しな！」

紅玉は犬神に飛びつき、その背に乗る火琳の腕を摑んだ。目を閉じ、長いこと固まり、冷や汗を流しながら手を放す。

「……紅玉、何を見たの？」

火琳は紅玉の反応の意味を察し、真顔で尋ねた。

この世のあらゆる過去と未来を覗き見ることができる、絶対的な力を持った占い師
——そのことを幼子は知っていた。

紅玉は苦い顔でしばし黙り込み、二人を睨み上げた。

「飛国よ……陛下とお妃様は飛国にいる。だけど……そこへ行く前に、斎の女帝李彩蘭に助けを求めなさい。あのお方は玲琳様を大切に想っていらっしゃる。玲琳様の危機と分かれば力を貸してくださいます」

双子の瞳はたちまち星をちりばめた夜空のように煌めいた。

「紅玉！　お父様とお母様を助ける未来を見てくれたのね！　ありがとう。分かったわ、彩蘭様に会えばいいのね？　それがお父様とお母様を助ける方法なのね？」

紅玉は渋い顔をしたままその問いには答えず、犬神の横っ腹を叩いた。

「黒衛、あんたは彩蘭様の匂いを知ってるね？　あの人のいるところへ二人を連れていって。何があっても二人を傷つけないよう守りな。あんたならできるでしょ。あんたは悪虐の権化と呼ばれる犬神なんだから」

厳しい激励に、犬神はぶはんと鼻を鳴らす。

「さあ、行って」

紅玉が犬神を送り出そうとしたところで――

「どこへ行くおつもりですか？」

部屋の入り口に立ちはだかった人物が、険のある声で問い質した。

三人と一頭は同時に声の方を向く。そこに立っているのは双子のお付き女官である秋茗と、護衛役の雷真と風刃だった。

「この緊急事態ですからね……出し抜かれないよう気を張っていて正解でした」

秋茗は淡々と言う。双子はごくりと唾を呑む。双子にとってこの世で二番目に怖い人――それが秋茗である。

「ほらほら、部屋に戻りますよ。不安なら俺たちがついててあげますから」

風刃が、ここ数日の不眠を表すかのように目の下にくまを作って言う。

「王宮中の人間が陛下とお妃様の捜索に尽力しています。お二人は何も心配する必要はありません」

普段の十倍の堅苦しさで言うのは雷真だ。

「雷真さん、風刃さん、お二人をすぐに黒から下ろしてください」

秋茗が深刻な面持ちで言いながら、すぐ隣にいた雷真の袖を引く。その途端、雷真は熱湯にでも触れたかのように飛びのいた。

「な、何だ……？」

追い詰められた小動物のように警戒心剝き出しで秋茗を睨む。

「え、いえ……だから、お二人を黒から下ろしてくださいって……」

秋茗は気まずそうに繰り返した。両者の間に、何とも言えない空気が流れる。ここしばらく両者の間にはこんな空気がずっと横たわっているのだった。その原因が、雷真が秋茗の想いをようやく理解したためだということは、今や後宮中の人間が知っている。

大人たちの関心が自分たちから一瞬逸れたことを感じ、双子は顔を見合わせて小さく頷き合うと、黒の背中にしっかりとつかまった。

「黒！　僕らを彩蘭様のところへつれていって！」

ぎょっとする三人を無視して黒は部屋から飛び出そうとする。

「ちょっと待て！」

風刃がとっさに怒鳴りながら犬神の体にしがみついた。

「おい！　無茶をするな！」

慌てた雷真も犬神のしっぽに飛びつく。

犬神は二人の男を纏わりつかせたまま部屋を飛び出し、廊下を駆け抜け、建物から出るとどんどん体を巨大化させた。牛馬の何倍もの大きさに膨れ上がった犬神は一度雄叫び（おたけび）を上げ、夜空へ向かって跳躍する。後宮の壁に飛び乗り、外界へと飛び出し、屋根から屋根へと恐ろしい速さで跳んでゆく。

　雷真と風刃は凄い衝撃の中、必死に犬神の背へと移動し、ようやく息をついた。

「何だこれ……全然揺れねー……」

　風刃が不思議そうに呟く。

「僕らがのってるから黒がやさしくしてくれてるんだよ」

「そうよ、お前たちだけだったら一瞬で吹っ飛ばされてるんだから。我慢できるのなんてお父様くらいよ！　お父様はいっつもお母様に痛い目に遭わされてるから根性あるもの！」

「そんなことはどうでもいい、何故こんな危ないことをしたんですか」

　双子の言葉を遮り、岩のような声で咎めたのは雷真だった。

「今すぐ王宮へ戻るよう、犬神に命じてください」

「……それでどうするの？」

　火琳は童女らしからぬ強い瞳で問い返した。

「王宮へ戻ってどうするの？　お前はこのままでお父様とお母様を無事に助け出せると思うの？　この世で一番強くて怖い蠱師のお母様を攫った人間に、ただの人間が太刀打ちできると思うの？」

　雷真も風刃もすぐには答えられなかった。

「できないでしょ？　だから私たちが助けるの」

「……あなただってただの人間でしょーが。それでどうやって二人を助けるつもりなんですか」

　きつく言い返したのは風刃だ。

「そうよ、私には何の力もないわ。だけど紅玉は、斎の彩蘭様にお願いすればお母様とお父様を助けられるって言ったのよ。彩蘭様にいきなり会いに行っても許されるのは、姪と甥の私たちくらいでしょう？　これは他の誰にもできないことよ」

　護衛役はまた黙り込む。唇を引き結んだ一同を乗せ、犬神は風のような速さで駆けてゆく。

「……分かりましたよ。俺だって玲琳様をお助けしたい、お供しますよ」

「……仕方がないですね。お供しましょう」

　ややあって二人は渋々そう言った。

「当たり前でしょ。お前たちは私たちの護衛役なんだから、最後までちゃんとお供するのが当然よ。さあ、そうと決まったら……黒、全速力で彩蘭様のもとへ走ってちょうだい！」

　火琳はびしっと進行方向を指さした。

　巨大な犬神はすさまじい速さで屋根から屋根へと飛び移り、川を越え、大地を駆けて南へと進んでゆくのだった。


玲琳と鍠牙が飛国の蠱師一族の屋敷へ囚われてから十日が経っていた。

この十日というもの、玲琳は毎日牢から引きずり出されて鶏蠱に血を啜られた。減った血を補うため、蠱師たちから薬を無理矢理飲まされる。

玲琳がいない間、鍠牙はいつも奴隷に見張られていた。年若い少年奴隷だ。少年は毎日食事を運ぶ役もこなしていたが、用意される食事はいつも少なく、二人が弱ってゆくには十分だった。

「姫……そろそろ逃げないとまずい。承知してくれないか？」

殺されるまであと七日というところで鍠牙が言った。

「逃げたければお前一人で逃げなさい、私は逃げないわ」

玲琳は彼と肩を寄せ合ってぐったりしながら答える。

現状二人の意見は割れていた。夫婦は仲違いしていると言ってもよかったが、状況が状況ゆえお互い支え合っていなければ倒れてしまいそうだった。

「毎日血を啜られて、いいように餌にされていいのか？」

「ええ、これでいいのよ。あの鶏蠱に血を飲ませるのが目的で、おとなしく従っているのだから」

「どういう意味だ？」

鎧牙が怪訝な顔で聞き返してきたところで、

「こそこそと内緒話をするのはやめなさい、悪鬼の娘」

牢の外で見張りをしていた蠱師が言った。

この十日間蠱師一族を観察していて色々と分かったことがある。

蠱師たちは全員が族長である白亜に心酔していて、先代の族長を殺した胡蝶の娘である玲琳を憎んでいるのだ。彼女たちの眼差しにはいつも憎悪が宿っている。

一方彼女たちに仕えている奴隷たちは、玲琳に対してそれほどの憎しみを見せることがなかった。そもそも彼らは毎日殴られ罵倒され、こき使われて疲弊しており、感情を表に出す余力などないようだった。

その中で唯一違うのが骸で、彼は白亜に対して忠誠を誓いながらもはっきりと物を言っている。そして白亜も、そんな骸を咎めることはなかった。骸という剣士は、蠱師たちにとって最も役立つ貴重な奴隷であるらしく、優遇されているのだった。

「あと数日で死ぬのだから、最期くらい穏やかにしていたらどうなの。死んだ後もお前の死骸は乱雑に扱われるんだから」

見張りの蠱師はふんと鼻を鳴らした。

骸と同じ年頃の女だ。この蠱師が見張りに立っていたことは幾度かあり、あまり優秀な蠱師ではなく雑事を言いつけられることが多いと思われた。奴隷でもできる仕事を割り振られているのだ。

それゆえか、彼女は奴隷たちに対していささか同情的で、あまり暴力を振るう様子がない。中でも特に、この女は骸に対して態度が柔らかいのだ。おそらくこの女は骸に好意を抱いている。

玲琳は咎めてくる蠱師をまじまじと眺めた。

彼らを観察していて、ずっと疑問に思っていることがあったのだ。

「少し聞きたいのだけれど……あの骸という男を買った時のことを覚えている？」

唐突過ぎる問いかけに、女は面食らっておかしな表情になった。

「なんなの、いきなり……」

「覚えていないならいいのよ」

玲琳はあからさまに見下すような表情を作ってそう言った。途端、女はムッとして言い返してきた。

「覚えてるわよ！」

「へえ……そう」

玲琳は鋭く目を細めて女を見上げた。

「買ったのは十七年前だと聞いたけれど？」

「そうよ」

「何故買ったの？」

「育ての親に虐待されていたからよ！」

「それを偶然知り、買い取って毒の実験台に？」

「悪い？」

「そうしたら偶然、あの男には武術の才があったのね？」

「ええ」

「その結果、毒が効かない優秀な奴隷が出来上がった……と」

「それが男の役割だもの」

「で――何故お前たちは骸の記憶を奪ったの？」

流れるようにそう問われ、女はたちまち凍り付いた。

「何を……言ってるのよ」

玲琳は女の内側を覗き込むように見据えた。

ずっと疑問に思っていたのだ。

「お前たちを見ていて思ったの。骸というのはお前たちにとってあまりに都合のいい存在だわ。お前たちも知る通り、蠱毒の民にも同じように都合のいい存在がいる」

森羅や乾坤という符丁を与えられた彼らのことを思い出す。

「蠱毒の民はそういう存在を自分の手で作り出すのよ。だからお前たちも、同じようにしたのではないかしらと思ったの」

玲琳は薄い笑みを浮かべる。蠱師はぞっとしたように牢から一歩離れた。

「自分に忠実な手駒を作るのに有効なのは、生まれた時からそのように仕込むことよ。真っ新な紙に絵を描くようにね。記憶を封じてしまえば、それと同じことができるわ。全てを塗り替えて自分の思い通りに作り替えることができるわ。お前たち、幼かった骸の記憶を蠱術で封じたのでしょう？」

女は真っ青な顔で黙り込んでいる。

「お前たち飛国の蠱師は精神操作の術が得意なようだし……幼子の記憶くらい容易く封じることができたのではないかしら？　まあ、骸の腹の中を直接調べてみればすぐに分かるけれど……」

容易く――というのははったりだ。動いてくれない蟲たちを使わず自分の感覚だけで毒の効かない彼の中を探るのはきっと困難だろう。

しかし女はそのはったりをあっさり信じて震えだした。

「何故骸の記憶を封じたの？」

「……骸の育ての親は彼に暴力を振るっていたわ。それを思い出させないためよ」

女の答えは玲琳の疑いに対する肯定だった。

「やっぱりお前たちが記憶を封じたのね。偶然救った少年が、偶然武術の達人だった……？　逆ね、お前たちは骸に武術の素質があると感じたから、彼を買った。そして記憶を封じた。記憶を封じたということは……もしかすると、育ての親に暴力を振るわれていたというのは嘘かしら？　だって本当なら、記憶を封じない方が都合がいいわ。暴力から救い出してくれたお前たちを、崇（あが）めやすくなるでしょうからね。けれどお前たちは骸の記憶を封じた」

女は何も言わない。警戒心に満ちた目が玲琳を射る。

「……骸を虐待していたという伯父一家は、今どこで何をしているの？」

玲琳のその問いに、女は一瞬目を見張った。しかしすぐ暗い陰を落とし、闇に消えるような声でぽつりと言った。

「…………死んだわ」

「何故？」

「骸を売ってすぐ、盗賊に襲われたのよ。甥を虐待するようなまねをするから罰が当たったのね」

「……そう」

玲琳は視線を落として考え込んだ。

この女の言葉……そして骸の言葉……本当のことはどこに潜んでいるのか……

「この話を骸にしても無駄よ」

女は険しい顔で言った。

「骸は先代の族長と、その娘の白亜様を命の恩人と思ってる。お前の言葉なんて信じないわ。だから余計なことをするんじゃないわよ」

「それは、骸に余計なことを言うな——という意味？」

図星だったのか、女は頬を引きつらせて言葉を失った。

そこで遠くから足音がして、骸と見張り役の少年奴隷が地下牢にやってきた。

「ムグラに血を飲ませる時間だ、来い」

淡々と言い、骸は牢の扉を開けて玲琳を引きずり出す。

女はわずかに不安そうな様子を見せながらも、平静を装ってその場を去った。

一連の流れを見て、玲琳は様々な思索を巡らせた。

なるほど……どうやら思っていたより事態は複雑らしい。

自分の想像が正しければ、この男はたぶん籠絡できる。

誇りを忘れた愚かな蠱師たちから、全てを奪い取ってやるのだ。

玲琳は気づかれぬよう薄く笑みを浮かべた。

いつものように白亜のもとへ移動し、鶏蠱に血を飲まれる。

いや、飲ませるのだ。死ぬ限界までこの血を蠱に注ぐのだ。

ここの蠱師たちは玲琳を侮っている。それが玲琳にとって唯一の勝機だった。

血を飲まれ、ぐったりした体を引きずられてまた地下牢へと戻される途中――

「骸……お前、生まれた季節はいつなの？」

玲琳はそう問いかけた。

「何でいきなりそんなことを聞く」

「話していないと意識を失いそうなの」

腕を引きずられながら力ない吐息をつく。

「……覚えてないな」

「そうだったわね……お前は買われる前の記憶がないのだったわね……」

玲琳は困ったように視線を落とした。

「生まれた場所は？」

「それも知らない」

「生みの親の顔も？」

「ああ、どうしてそんなことを聞く？」

彼の表情に警戒の色が宿るのを、玲琳は軽く首を振って吹き払った。

「私に死をもたらす人間のことを知りたいと思ったのよ。でも……お前自身もお前のことを何も知らないのね……」

「……何が言いたい？」

「お前の記憶を取り戻させてあげようか？」

その唐突な申し出に、骸は表情を強張らせて沈黙した。

玲琳は優しく微笑んでみせる。

この男を籠絡するのだ。さっき聞いた女の話が本当なら……買い取った少年を扱いやすくするために記憶を封じたとしたら……救い主と信じ蠱師たちに従っている骸の忠誠は、ただの張りぼてだったということになる。

ならば封じられた彼の記憶を戻せば、彼はこの蠱師一族に従わなくなるのではないか……？

「自分が誰だか分からないのは不安でしょう……どこに立っているのかも分からなくて危うい綱渡りをしているような心地になる時もあるのではないかしら……？　私なら、お前が失った本当の自分を取り戻させてあげられるわ」

本当の自分……そんなありもしないうそ寒いものを餌にして、玲琳は骸という男を釣り上げようとしていた。

骸はしばし凍り付いていたが、ひび割れるように口の端を持ち上げた。

「蠱術でか？　俺に毒は効かない」

「そうね、でも私ならできると思うわ」

　この男は知るまいが、記憶を封じられているのなら、彼の体内には蠱師の仕掛けた蠱が潜んでいるはずだ。買われてすぐ……まだ毒への耐性を持つ前に仕込まれた蠱であるがゆえに、天敵の体内に留まり続けているのだろう。それを探って追い出すことくらいなら、蠱が使えない今の玲琳にもできる。無論彼の抵抗がなければ……だが。

　この男の記憶を戻すのだ。自分が蠱師に無理矢理記憶を封じられたと知れば、彼の忠誠心は必ず揺らぐ。

　そう確信し、悪魔のような優しい微笑みを浮かべる。

　骸はそんな玲琳をしかと見据え――忌々しげな拒絶の表情へと変わった。

「お前は本当に……胡蝶の娘だな。俺は今初めて、本気でお前を殺したくなった」

　ひやりとした気配が漂う。

「何故怒るの？　記憶を取り戻したくはないの？」

「そんなものはいらない。俺にとってはここへ来てからが全てだ。先代の族長に買われて俺は今の俺になったんだからな。今はその娘である白亜が俺の忠誠を捧げる相手だ。そもそも、十七年も前の記憶なんか今更取り戻して何の意味がある？　ここで過ごした日々の方が長いのに」

　彼は頑として言った。自分を知りたいという……その欲求にあっさりと抗い、玲琳の申し出をはねつけた。その迷いのなさに玲琳は内心驚く。この男はそれほどまでに白亜への忠誠を誓っているのだ。だからこそ、記憶を封じられたと知ればこちらの手の中に転がり込んできそうなのだが……

「その記憶が彼女の手で封じられたものだったとしたら？」

　考えた末、玲琳はそれを先に伝えた。

「……何だと？」

「お前をいいように操るために、白亜がお前の記憶を封じているとしたら？　お前のその忠誠は張りぼてなのかもしれないわよ？」

「ありえない」

　骸は即答した。

「虐待されて記憶をなくしたガキの俺を介抱してくれたのが白亜だ。戦う力も帰る場所も、全部あいつがくれた。あいつがそんなことをするはずがない」

　強い口調で言い、玲琳の腕を握る手に力を込める。その眼差しには少しの疑いもなく、だからこそ玲琳は彼をここで落とさなければならなかった。

「お前は本当に虐待されていたの？　本当は大切に愛(いつく)しまれていたかもしれない。記憶を取り戻してみれば全部分かるわ。お前の主がどういう女なのか」

　玲琳は歌うように誘いかける。しかし、彼は少しも乗ってこなかった。

「そんなものはいらないと言っただろ。十七年一緒にいるんだ、白亜のことは俺がよく分かってる」

迷いの欠片もない。ここまで揺らがないとは想定外だ。

玲琳が言葉を失うと、彼は冷ややかな目つきで玲琳を見下ろした。

「こんなくだらないことを持ち掛けてまで逃げたいか？　お前、俺が白亜を裏切るよう仕向けたかったんだろ？　そこまでして死にたくないか？」

「そうね……こんなところで死ぬわけにはいかないわ」

玲琳は正直に答えた。なすべきことがまだ山ほど残っているのだ。それらをやり遂げず死ぬわけにはいかない。けれど……蠱師の道のりは長く遠く険しくて、全てをやり遂げる日など来はしないのだ。いくら生きても、玲琳が満足する日はきっと来ない。ならば、むしろ今死んでも構わないのかもしれない。血と智を繋ぐことさえできれば、人はいつ終わっても構わないのかもしれない。

けれど……玲琳がここで死んでしまったら、子供たちはきっと泣くだろう。だからただそれだけのために、玲琳は生きなければならなかった。そのために、彼らから逃げるのではなく、彼らを捻じ伏せて全てを奪い取ってみせるのだ。

そこで玲琳は地下牢に帰り着いた。するとどういうわけか、鍠牙を見張っていたはずの奴隷の少年がいなくなっていた。

骸は一瞬怪訝な顔をしながらも、玲琳を牢へ押し込むとすぐに施錠し、いなくなった見張りを捜すように牢から離れて姿を消した。

その背を見送り、玲琳は短く強いため息をつく。

「……何かあったか？」

牢の中で待っていた鍠牙がぽつりと聞いた。

「あの男を誘惑したのだけれど……失敗したわ。私に魅力が足りなかったのね」

玲琳の誘い文句に魅力がなかったのだ。悔しげに唇を噛む。

「夫の前で浮気宣言か……あなたがそういうつもりなら、俺も手近な相手を適当に誘惑するぞ」

鍠牙は力ない声で軽口を叩く。

「好きになさい。私は彼らを倒す算段で忙しいの」

夫と意見の分かれている玲琳は冷たく言って隣に座った。

「本当に……あなたは厄介な女だな。この状況で蠱師の誇りを優先させる。正直うんざりするよ」

言いながら、鍠牙は玲琳の膝に頭を乗せて横たわる。

「八年以上傍にいて蠱師の性分を理解しないお前の愚かしさにこそうんざりするわ。私、馬鹿は嫌いなのよ」

言いながら、玲琳は鍠牙の髪を撫でる。

「子供たちが泣くことになったらあなたを恨むぞ。人の気持ちを知りもしない悍ましい魔物め」

鍠牙は髪を撫でる玲琳の手を握って口づけながら恨み言を言う。

「あの子たちは蠱師の子だもの、愚かなお前と違って蠱師の誇りを理解するわ。みじめな仲間外れはお前一人よ」

玲琳は押し当てられた彼の唇を悪戯(いたずら)につまむ。

こうして言い合いをしていなければ意識が飛びそうだ。そして二度と起きられなくなってしまう。

内容のない言い合いは深夜まで延々続いた。


そして深夜——

うとうとしていた二人のもとへ、骸が突然姿を現した。

夜通し二人を見張っていた中年の奴隷と強引に見張りを交代し、牢の中を睨む。

「こんな夜に何か用かしら？」

玲琳は警戒心を押し隠して軽やかに問いかける。すると骸は、牢の外から唐突に言った。

「お前たちの命を見逃すよう、白亜に頼んでやってもいい」

まったく予想外の申し出で、受け止めるまでに少しの時間を要した。

鍠牙も驚いたように身を起こした。

「……急にどういうつもり？　私たちを助けてくれるの？」

「ムグラはもう十分な力を得てる。あと一、二度お前の血を啜れば、ムグラは蠱として完成するはずだ。その後でお前を殺す必要はない。同盟を阻止したければ、会談の場に乗り込んで使者を斬り殺せばいいしな」

物騒なことを淡々と告げる。穏やかな口調にこの男の本気を感じた。しかし何故突然こんなことを言い出すのかと訝り、玲琳は首を傾げた。

「見返りに、何を求めるの？」

何か要求がなければ、こんな提案をするはずがない。

「察しがいいな。ああ、一つお前にやってほしいことがある」

「何？」

問いかけると、骸は牢の鍵を開けた。

「ついてこい」

「え？」

一瞬それが要求かと思ったが、違う。彼は牢から玲琳を連れ出し、何かをさせようとしているらしかった。

「……俺も一緒に行っていいか？」

鍠牙が力ない声で口を挟んだ。

「邪魔だ、ここにいろ」

間髪を容れず骸は鍠牙を切り捨てる。

「仕方ないか……そもそも俺は動けそうにないしな。だが……俺の女におかしなまねをするなよ？」

鍠牙が軽口めいた釘を刺すと、骸は眉間に深い皺を刻んだ。牢へ入り、大股で近づいてくると、鍠牙の髪を摑んで乱暴に上向かせた。

「また痛めつけてほしいのか？」

「御免蒙る。俺を痛めつけるのは俺の妻の役目で、お前の役目じゃない」

からかうように言う鍠牙を、骸は手荒く投げ捨てる。

「だったらくだらないことを言うな。死にたくなければおとなしくしていろ」

骸はきつく脅し、牢から出る。

「胡蝶の娘、ついてこい」

玲琳は呼ばれて立ち上がり、一度鍠牙を振り返った。

彼は奇妙に無色透明な瞳で玲琳を見ていた。その眼差しを受け、総毛立つ。玲琳は軽く彼の頬に触れ、悠然と微笑んだ。

「大丈夫よ、私が死ねばお前もちゃんと死ぬのだからね」

そう安心させてやり、牢から出る。

一人で大丈夫だろうかと、少しばかり後ろ髪を引かれた。目の届かぬところでおかしなことをしなければいいが……。とはいえ、あの怪我では動けまい。

そう考えながら、玲琳は骸のあとをついて廊下を歩いた。

深夜ゆえか、誰にも会うことなく地下から地上へと連れてゆかれ、たどり着いたのはこぢんまりとした部屋だった。

部屋の中に様々な薬草や道具が揃えられており、蠱師が使う部屋なのだと分かった。

そして奥にある棚の上に、美しい金色の鶏蠱がとまっている。鶏蠱は骸を見ると大きく翼を広げて羽ばたき、音もなく部屋を縦断して彼の肩にふんわりと乗った。

骸はそんな鶏蠱を撫でて口を開いた。

「この部屋の持ち主は少し前に病で死んだ。まだ二十代だったが……蠱師は寿命が短いからな」

「それはお前たちが愚かな血の繋ぎ方をしているからよ。どこかの蠱毒の民と同じようにね」

玲琳は侮蔑的に言い、部屋の奥へ足を踏み入れる。見慣れない蠱術の道具や、魁にはない薬草たちに心を浮き立たせ、背後を向く。

「ここで私に何をさせようというの？」

「証明してくれ」

「……証明？　何を？」

怪訝に問いを重ねる玲琳の眼前に、骸は懐から取り出した手巾を差し出した。

茶褐色に汚れた手巾……

「これは……血痕？」

「ああ」

「誰の血なの？」

玲琳はそれを受け取り、臭いを嗅いだ。何の臭いもなく、ずいぶん前に付いた血なのだと思われた。

「俺を虐待してた伯父一家の血だ」

不意に骸の声が強張った。低く硬いその声は、感情を無理やり抑え込んでいるかのように聞こえる。

「お前の伯父一家は死んだと聞いたけれど？」

「ああ、盗賊に襲われて死んだ。だけど、一人だけ生き残った奴がいる。それはそいつの血だ。そいつを捜し出してほしい」

「……何のために？」

「白亜が俺の記憶を封じていないことを証明するために」

「……何ですって？」

「お前は俺が虐待されていなかったかもしれないと言ったな。本人に聞けば分かることだ。俺は白亜が俺を騙したりしていないと証明したい。この血の持ち主を見つけてみせろ」

　思いつめたような目で骸は言う。昼に玲琳の話を聞いた時は平静を装っていたが、本当は心を乱していたのかもしれない。

「わざわざ捜さずとも、お前の記憶を戻せばはっきりすることよ。お前の内側を見せてちょうだい。私が思い出させてあげるわ」

　玲琳は誘いかけるように手を伸ばした。しかし骸は極限まで顔をしかめてそれを拒んだ。

「冗談じゃない。お前に腹をえぐられてたまるか」

　その物言いに玲琳は一瞬違和感を抱く。しかしその違和感は骸の言葉でたちまちかき消された。

「余計なことをせず、お前は自分の命を守るためにただ術を使えばいい」

昔の自分なら、この時点であっさり突っぱねただろうなと玲琳は思った。しかし自分はもういい大人なので、この程度のことに一々目くじらを立てたりはしないのだ。

「そう……分かったわ。お前のためにこの血の持ち主を捜してあげるわ。これは、私とお前だけの秘め事ということね？」

玲琳は嫣然と微笑み、挑発した。訂正しよう、人は容易く変わらない。

骸の顔がまた険しくなった。

「けれど、私の蠱術は人捜しに向かないの。相手を呪って場所を突き止めるやり方よ。それでいいかしら？」

「……いや、精神を操ってここへおびき寄せてくれ。俺が直接問いただす」

骸は一考してそう答えた。玲琳はたちまち渋面になる。

「精神操作の術は向き不向きがあるわ、私はあまり使わない」

「できないのか？」

「お前……誰にものを聞いているつもり？　無論できるわ。ただ、時間がかかるかもしれない」

ここには十分な道具が揃っているようだが、慣れない術を使うための蠱を一から生み出そうとすれば、かなりの時間がかかるだろう。

「明日の朝までだ。お前が牢を出たと気づかれる前にやってくれ」

　言われて玲琳はぎょっとする。

「明日の朝までですって？　素人でもないくせに、蠱術を何だと思っているのよ」

「できないのか？」

　またしても挑発され、じろりと骸を見やる。

「毒の海に溺れさせてくれれば頭が冴えるのだけれど……」

「毒の海？　何だそれは？」

　いぶかしげな問いに薄く微笑む。

「造蠱には様々な方法があるわ。お前も言った通り、性交は血を介するのにも匹敵する深い関わり……私は夫とのそれで蠱術の深淵を覗くことができる」

　その説明に、骸は苦虫を嚙み潰したような顔をした。

「お前はどうかしてるんじゃないのか？　馬鹿げたことを言ってないでさっさとやれ。夜は短いんだ」

　あっけなく一蹴されて、玲琳は肩をすくめた。

「やればいいのでしょう？　夜は蠱師の領域、人を呪うに相応しい時よ。その代わり、必ず私の味方になってもらうわ」

「ああ、お前は憎い悪鬼の娘だが、やってくれたらお前たちの命だけは助けるよう掛け合ってやる。白亜は俺の頼みならたいがい聞いてくれるからな」

「契約成立ね、邪魔だから離れて」

この男が近くにいると玲琳の蟲たちは動いてくれない。

その自覚があるであろう骸は、黙って素直に部屋の端へと離れた。

玲琳は棚に並ぶ薬草や道具を確かめ、床に並べ、座り込む。

「出ておいで」

玲琳の呼び声に応えて一匹の芋虫が袖口から出てくる。久しぶりに見た蟲の姿に、玲琳は相好を崩した。

「いい子ね、あなたに新しい力を授けるわ。私のために羽化してちょうだい」

玲琳は目の前に置いてある鉢に芋虫を入れ、すり鉢で一息に蠢(うごめ)く芋虫を叩き潰した。

体液の溢(あふ)れる鉢に、薬草を入れてゆく。そして丹念に擦りまぜてゆく。

術を織り込んでゆくのだ。作業の一つ一つが呪詛である。ほんのひと混ぜ多いだけでそれは意味をなさなくなる。

無心にその作業をしながら、玲琳は部屋の端にいる男に意識を向けた。

「名前は？」

唐突な問いかけに骸は怪訝な顔をする。

「呪う相手の名を教えて。それも呪詛に組み込むわ」

相手の精神を支配するならその情報は一つでも多い方がいい。骸はしばし沈黙し、している。

彼にとってこれは主を謀る行為に違いない。そこまでして、彼は白亜を信じようとしている。

「……………律」

ひときわ低い声でそう答えた。その名を呼ぶ声にいかなる感情が込められているかは分からなかった。

玲琳は出会ってから観察し続けたこの男の言動を思い返し、不意に疑問が湧いた。

「お前は私に懸想しているというわけではないわよね？」

その問いはあまりに唐突であまりに脈絡がなく、骸をぽかんとさせた。

「……どういう意味だ？」

少しのあいだ放心した末に、彼は警戒心を込めて聞いてくる。

「鍠牙が……私の夫が私を庇った時、お前はずいぶん不愉快そうだったわ。そういう場面が何度かあった。彼の何がお前をそんなに怒らせたのかしらと不思議だったのよ。私に懸想していて、悋気ゆえに……というなら理解できるけれど、違うわよね？　私はそもそも男にモテないし……」

「……お前は訳の分からないことを言う女だな、頭の中はどうなってるんだ。俺がお前に懸想する？　ありえない」

「そう、よかったわ。私はそういうことに疎いから、恋情などというものを向けられても困るのよ」

玲琳は納得したように頷いた。

「でも、それなら……彼が私を庇ったことの何がお前を不快にさせたのかしら？」

夫が妻を庇う――ごく当たり前の行為であるように思う。

鉢から目を上げて部屋の端を向くと、骸は何か思いつめるような顔をしていた。固く唇を引き結び、そのまま黙り込んで答えを返さないつもりかと思われたが、しばらく見つめているとうっすら口を開いた。

「……命を差し出してでも守りたい相手がいるってのは幸せなことだ」

そんな答えが返ってくる。

それが鍠牙を痛めつけた理由……？

「お前も誰かのために命を差し出したいの？　守るべき蠱師たちがいるでしょう？」

「……忠誠は感情じゃない。俺はあいつらに忠誠を誓い、命がけで守ってきたが、そこに情が介在しているわけじゃない。俺は……愛情というものが理解できない」

玲琳の背筋をぞわぞわとしたものが駆けあがった。この男は今、何かとても重要なことを言っている――それが分かった。

「記憶をなくした時、俺の感情は一緒に死んだ。だからもう、人を愛することはできないだろう。だからせめて、その形だけでもなぞっておこうと思うだけだ」

「ならば記憶を取り戻せば、失われた愛情も蘇(よみがえ)るのではないかしら？」

玲琳は再びそう誘いかけた。すると骸はふっと皮肉っぽく笑った。

「お前には無理だ」

無理だと言われて本来なら怒っても良かったが、それより骸の確信めいた物言いが気になった。

「余計なことをしゃべったな、忘れろ」

骸は会話を打ち切って命じた。今にも割れそうだった鋼鉄の殻は再び頑強に固められ、その内側にあるものを隠してしまう。

「時間がない、さっさと術を完成させてしまえ」

骸は顎をしゃくって促した。

玲琳は再び鉢へ向き直り、冷や汗が流れるのを感じた。

この術を完成させるのは本当に正しい道だろうか……？

もしかすると、とんでもない間違いを犯しているのではないか……？

そんな思いが湧き上がる。根拠はない。ただ、直感的にそう思った。

しばし迷った末、玲琳は再び作業に戻った。

この結果何がもたらされようとも、自分たちが無事国へ帰ることの方が遥かに大事だ。何を犠牲にしてでも、どんな結末を見ようとも、自分は蠱師たちを倒し、鍠牙を連れて国へ帰る。

己にそう定め、玲琳は今度こそ造蠱に集中することにした。

一人きりで牢に取り残された鍠牙は、耳を澄まして人の気配がないことを確かめると立ち上がった。

怪我人である鍠牙が逃げる心配などしていないのか、あるいは鍠牙が玲琳を置いて逃げることはありえないと確信しているのか……骸は牢の鍵をかけていなかった。

牢から出ると、誰もいないことを確かめて深夜の廊下を徘徊（はいかい）する。

歩いていると酷く体の中が痛んだ。玲琳の蠱は出血を止めてくれているというが、傷が治ったわけではない。自分はここで死ぬのかもしれない。

それでもきちんと頭は働いていたし、心は穏やかだった。

彼女が殺すと約束してくれているから……置いていかれることはないと分かるから……安堵していられる。

けれど、それとは別に今はまだ死ねないという思いもあった。

自分たちが死んだあと、子供たちを誰が守る？

だから今はまだ、死ねなかった。

鍠牙は痛みを抱えたまま廊下を歩く。かつてはこんな風に夜ごと痛みを抱え続けていた。あの頃の痛みに比べれば臓腑の傷などそよ風と変わらないが、それでも何だか懐かしいような感じがした。

時折足を止めて苦痛に耐えながら、鍠牙は廊下を歩いてゆく。

見張りなどは一人もおらず、ずいぶんと警戒心の薄い場所だなと不思議に思う。しかし無理はないのかもしれない。彼女たちは命令一つで人を呪い殺せる蠱師の群れで、人間に襲われることなど心配していないのだろう。

毒が効かず命令だけを聞く便利な奴隷がいれば、それで事足りるのだろう。

あの男がいれば玲琳に逃げられることはなく、そして怪我を負った鍠牙が一人で逃げる心配もしていない。

このまま一人で逃げ出すことも不可能ではないし、或いは足手まといがいない方が玲琳にとっても安全かもしれないが……それならいっそ今すぐ彼女の手で殺してくれる方がいいと、歪んだ性根が顔を出す。そんな考えに身を任せたら、子供たちを泣かせてしまうのに……

鍠牙は脂汗をかきながら己を小さく嘲笑い、階段を上がって一階の端にあった部屋の戸を静かに開けた。中は狭い部屋で、寝台がずらりと並んでいるほかは何もない。

暗がりの中目を凝らすと、部屋の奥にある寝台に目的の人物が横たわっている。

　鍠牙は足音を立てずに近づくと、その寝台に膝を乗せ、そこに眠る人物に触れようと手を伸ばす。するとそこで気配に気づき、相手は目を開きかけた。鍠牙はぼんやりしている相手の口を手できつく塞いだ。

　その人物は驚いて暴れかける。

「俺だ、静かにしてくれ」

　鍠牙は声を低めて囁（ささや）いた。その声を聞き、相手は体の力を抜く。

　鍠牙が手を放すと、その人物はゆっくり起き上がった。

「驚いた……あんたか……」

　おっかなびっくり呟くのは、顔にいくつもの痣を作った奴隷の少年だった。

　鍠牙は暗闇の中にこりと笑った。

「ああ、お前に会いに来た」

　鍠牙がその少年に声をかけたのは、数日前のことである。

　そのとき玲琳は鶏蠱に血を飲ませるため部屋を出ていた。そのあいだ鍠牙を見張っていたのがその少年だったのだ。

　初めて見たときからずっと気になっていた少年だった。歳（とし）は十五、六歳だろう。頬に痣を作り、目を酷く腫らしながらも、端整な美少年であることはすぐ分かった。

「殴られたのか？　酷いな」

壁に背を預けて尋ねる鍠牙をちらと見やり、少年はすぐに顔を背けた。

「能のない俺が悪いだけだ、ほっといてくれよ」

「そうか……名前を聞いてもいいか？」

「……由蟻。あと数日で死ぬのにそんなことを聞いてどうするんだ？」

「由蟻……お前の親族に魁へ亡命した者はいないか？」

その問いかけに由蟻は勢いよく振り向いた。

「大叔母が昔……掟を破って追放されてる。知ってるのか？」

「たぶんな。お前に瓜二つの蠱師と、その息子を知っている」

初めて見たとき驚いた。少年は火琳の護衛役である雷真にそっくりだったのだ。その母である夏泉にも、鍠牙は幾度か会ったことがある。彼らは全員その血を誇るかの如く顔立ちが似ていた。夏泉の母は飛国を追放された蠱師だったと、以前調査報告を受けている。飛国の中でも最も大きな蠱師一族の一人だったと……。由蟻の大叔母というのはおそらく、雷真の祖母だ。

「大叔母は子を産んだのか？」

由蟻は驚いたようだった。追放されて惨めに死んでいったとでも思っていたのかもしれない。

「ああ、魁の良家に見初められて、嫁入りしたようだ。子も孫もいる」

するとは由蟻は複雑な表情になり、少しの躊躇いを挟んで言った。

「大叔母は幸せだったのか……一族を出て……」

その物言いに鍠牙は違和感を持った。

追放された――ではなく、一族を出た――という言い方に、羨望の気配を感じる。

「……由蟻……蠱師たちはお前に、いつも辛く当たるのか？」

「俺が悪いだけだ。あの人たちに非はない」

由蟻は即答した。その速さが、むしろ蠱師たちの残酷な振る舞いを浮き上がらせた。

「お前は悪くないよ」

鍠牙は断言した。由蟻はわずかに戸惑い、しかし首を振った。

「男に生まれただけで充分悪い」

「悪くないと言っているだろ。お前は少しも悪くない。蠱師の子が男に生まれて何が悪い？　その証拠が今お前の目の前にいるぞ」

その言葉に由蟻は怪訝な顔をする。意味が分からないという様子の彼に、鍠牙は自分の胸を指してみせた。

「俺の母は蠱師だ。俺もお前と同じ、蠱師の子だ」

厳密に言えば嘘である。母の夕蓮（ゆうれん）は蠱師の才を受け継ぐ女だが、蠱師ではない。それでも、化け物じみた女であることは事実だ。

由蟻は驚きに大きく目を見開いた。以前この話を骸にした時、由蟻も傍にいたはずだが、どうやら話は聞いていなかったようだ。

由蟻は驚愕の表情を浮かべて鍠牙を見つめる。今までただのおまけでしかなかった男が、一瞬にして別の存在にでもなったかのように……

「お前が何も悪くないことを、俺は確かに知っている。お前は……俺たちは、こんな風に扱われていい人間じゃないんだ。お前は自分が不当な扱いを受けていることを自覚するべきだ」

鍠牙はただ淡々と、事実を告げるように言った。

「お前の目に、俺はどう見えている？　偽りを述べているように見えるか？」

由蟻は答えない。いや、答えられない。酷い難問を突き付けられたかのように固まっている。

するとそこで部屋の外から物音がした。由蟻ははっとして、立ち去ろうとする。

「由蟻、お前ともっと話がしたい。明日また、待ってるからな」

その呼びかけに彼は答えなかったが、きっとまた来ると鍠牙は確信した。

その確信は現実に変わり、それから毎日、由蟻は玲琳が鶏蠱に血を飲ませているあいだ鎧牙の見張り役を買って出た。

二人きりになると由蟻は鎧牙に色々なことを聞きたがった。

魁はどんなところか……大叔母の子孫はどんな風に暮らしているか……蠱師はどう思われているのか……そんなことを。

鎧牙は魁がいかに自由で素晴らしい国か……雷真やその母がいかに幸福な人生を歩んでいるか……心を込めて嘘を吐いた。

そして今日、鎧牙はとうとう由蟻に聞いた。

「一族から逃げたいか？」

由蟻の顔色がさっと変わった。

「なにを……俺はそんなこと……」

「逃がしてやろうか？」

「……そんなこと、できるわけない」

「できるさ。お前が手を貸してくれれば、俺もお前に手を貸してやれる」

鎧牙が囁くと、由蟻の瞳が揺らいだ。

「俺と一緒に魁へ逃げよう。お前は自由になっていいんだ」

悪魔のような誘いに、由蟻は震え――鎧牙の前から逃げ出した。そして、それから姿を見せなくなった。

「あんな別れ方をしたから心配したぞ」

深夜、奴隷部屋に押し入った鍠牙は、由蟻を部屋から連れ出してそう語りかけた。

「……あんたに言われたことをずっと考えてた」

「ああ、悩んだだろうな」

鍠牙は思いやるように言う。

「…………あんたは嘘を言ってないと思う。俺は、あんたを信じる」

未だ無垢な少年のあどけなさを残した由蟻は、決然と拳を固めてそう言った。

「ここから逃げたい。俺はもう、奴隷でいたくない。魁へ連れていってくれ」

「分かった。必ず連れていってやる。お前の面倒は俺が見よう。その代わり、俺たちがここから逃げる手助けをしてくれ」

鍠牙は罪悪感の欠片すら抱くことなくそう答えた。

「うん、俺は何をすればいい？」

「この国に、信用できる人間が一人だけいる。そいつと連絡を取ってほしい」

「誰だ？」

由蟻は身を乗り出して聞いてくる。この少年はもうこちらを裏切るまいと確信し、鍠牙はその名を告げた。

「飛国の第二王子、燭榮覇」


玲琳の術が完成したのは夜明け間際だった。

「目覚めなさい……あなたは羽化したわ……」

玲琳の呼び声に応え、鉢に作られた繭から美しい一匹の蛾が這い出てくる。縮れた羽を広げ、極彩色の模様を見せる。

「美しい子ね」

玲琳は自分が置かれた状況を一瞬忘れてうっとりと微笑んだ。

「できたか？」

部屋の端からずっと見張っていた骸が言った。

「ええ、依頼主の注文通り。対価は分かっているのでしょうね」

「ああ、白亜にお前の命乞いをしてやる」

「結構」

悠然と頷き、玲琳は蛾を撫でた。

しかし玲琳の本当の目的は命乞いなどではない。本当の目的は、この男に蠱師への不信感を抱かせることだ。彼を虐待していたという伯父一家の死には、おそらく何かが隠されている。それを——暴くのだ。

「さあ……この血の持ち主を呪うのよ。その名は葎……蔓草の名を冠する者……」

主の命を受け、蛾は手巾に染み込んだ血へと口を伸ばす。その匂いを覚え、ひらりと舞い上がった。しかし蛾は怪しげにふらふらと蛇行し、部屋の端に置かれた棚へと近づいてゆき、棚の上にとまっていた鶏蠱に体当たりした。

鶏蠱はたちまち目を怒らせ、激しい鳴き声を上げると、一瞬にして玲琳の蛾をばくんと嚙み潰した。儚く鱗粉が散る。

ケエエエエエエエン!!

鶏蠱はますます激昂し、羽を広げて体を巨大化させた。

「ムグラ！　どうした、落ち着け！」

骸が手を伸ばしてなだめようとしても聞かず、ムグラはますます荒れ狂う。

ギエエエエエエエエ!!

その翼が起こす疾風に部屋中の道具が吹き飛ばされ、玲琳も耐えられず床に伏せた。

「何があったの!?」

異変を聞きつけて、早起きしていたらしい蠱師たちが数人駆けこんでくる。部屋の惨状を見て彼女たちは愕然とした。

「お前たち……ムグラに何をしたの!!」

叫ぶ蠱師たちに、鶏蠱はギラリと目を光らせて突進した。

「きゃあ!」

「ムグラ!　やめろ!」

骸が鶏蠱にしがみついてその巨体を止めようとした。鶏蠱の鋭い嘴が彼の頬をかすめ、鮮血が散る。

その血が金色の羽にかかり、そこでようやく鶏蠱は落ち着きを取り戻した。しゅるしゅると体を縮め、骸の肩にとまってぶるんと頭を振る。

へたり込んでいた蠱師たちがわなわなと震えながら玲琳と骸を交互に見やる。

「お前たち……ここで何をしていたの」

「ムグラが腹を空(す)かせてたからな、この女の血を飲ませてたんだ」

骸は平然と嘘を吐いた。

「何ですって?　そんな勝手なこと……白亜様に報告するわ」

「好きにしろ。いつもと違う時間に血を飲ませて、ムグラが興奮しただけだ」

「ええ、今すぐそうさせてもらう。白亜様のお怒りを買っても知らないから。とにかく、その女をさっさと牢に戻しておいて」

そう言うと、蠱師たちは怒りが収まらない様子で足音荒く立ち去った。族長に報告しに行ったのだろう。

静まり返った部屋の中、玲琳はいったい何が起きたのかと考え込んだ。

玲琳の蛾は何故いきなり鶏蠱に体当たりしたのか……そのせいで鶏蠱は怒ったのだ。

「お前は本当に蠱師か？　酷いしくじりだな」

骸は静かな怒りを滲ませてそう言った。

玲琳は答えなかった。

しくじり……？　自分は蠱術をしくじったのだろうか？　慣れない精神操作の術を使おうとして誤った？　いや、そんなはずはない。玲琳の術は成功していた。だとしたら……

その先に思い浮かんだ言葉を、玲琳は口にしなかった。

これは言うべきことか……しかと見定めなければならない。扱い方を誤れば、自分の命を危険にさらすかもしれない。

「もう一度機会をちょうだい。今度はしくじらないわ」

玲琳は屈辱を呑んでそう言った。

「……明日またやってもらう。今度しくじったらお前には死んでもらう」

「ええ、分かったわ」

粛々とそう答える。

骸は荒いため息をつき、玲琳を元いた牢へと戻して施錠した。

戻った玲琳を鍠牙が迎える。

「お帰り、姫。酷いことをされなかったか？」

「ええ、何も。そういうお前は？　おとなしくしていた？」

「ああ、この怪我じゃまともに動けないからな」

険しい顔で見張っている骸の前で、夫婦は上っ面を取り繕う。

玲琳は横目で骸を見た。彼は少しばかり苛立った様子で、鶏蠱の翼を撫でている。

その姿がふと、酷く恐ろしいものに見えた。

鶏蠱に体当たりした蛾の姿が脳裏に浮かんだ。それが意味することは……

自分が摑んでしまった事実は、この男にとっていかなる意味を持つのだろうか？

この事実を言うべきなのか、はたまた隠し通すべきなのか……玲琳は鍠牙の傍に座り、彼と肩を寄せ合って懊悩する。

横目で見る骸は、相変わらず悪い目つきで玲琳と鍠牙を見据えている。

玲琳は細く深い吐息を漏らした。

どうしてだか、嫌な予感がするのだ。

はたして……自分はこの骸という男を籠絡しうるのだろうか……？

第三章　救出劇対脱出劇

斎帝国と飛国の会談には、女帝李彩蘭自ら赴くという。

場所は両国の間に位置する西浄。

双子は護衛を連れ、犬神を駆り、数日かけてその街へとたどり着いた。

犬神の背の上は快適だったし、眠っても振り落とされることはなかった。この犬神は陽光をあまり好まないようだったが、がんばって昼夜を問わず駆けてくれた。

「あそこが李彩蘭様の逗留（とうりゅう）する屋敷ですよ。玲琳様と陛下が行くはずだった場所だ」

犬神が昼間の街中に降り立つと、その背に乗っていた風刃が目の前にある建物を指さした。道行く人々は悲鳴を上げて逃げまどう。

「じゃあ黒、あの屋敷へ入ってちょうだい。彩蘭様にお会いしなくちゃ」

火琳がそう言って犬神を撫でると、犬神は跳躍して一気に屋敷の庭へと飛び込んだ。

屋敷の中にいた人々は、突然庭に現れた巨大な獣にぽかんとし、一拍おいて叫び声を上げた。

「きゃあああああ！　化け物！」

「うわああああ！　誰か来てくれ！」

女官も衛士も大混乱に陥り、その悲鳴がまた人を呼んで更なる悲鳴を上げさせる。

収拾がつかないほどの混乱ぶりだ。

「やあね、そんなに怯えなくてもいいじゃない」

「蠱師の玲琳様を知ってるヤツらでしょうに、こんな大騒ぎしますかね」

魁の王宮には悲鳴を上げるような可愛げを残すものはあまりいないので、双子と護衛はいささか困惑した。

「矢を射ろ！　化け物を殺せ！」

恐怖に駆られて攻撃的になった衛士たちが弓や剣を持って集まってくる。

その中に、武装もしていないむさくるしい髭の中年男が一人だけいた。その男は怯えもせずに犬神を見上げ、淡々と矢をつがえた。その矢は犬神ではなくその背に乗る人間たちを捉えている。

「まずいな、どうする？」

「どうするって言っても……どうするよ」

雷真と風刃が焦って考え込んでいると、火琳が犬神の上で立ち上がり、声を張ろうとした。しかしその時——

「みな、おやめなさい」

静かで美しい声が辺りに響き渡った。少しも大きくはないのに、その声は隅々まで通り、衛士たちの恐慌を鎮めた。

「陛下、来てはなりません！」

「いいえ、大丈夫ですよ」

衛士たちの言葉を軽く制し、声の主はゆっくりと屋敷から出てくると、庭園へ下りてきた。

見上げられ、火琳も炎玲も雷真も風刃も、同時に息を呑んだ。

優しい眼差しを向けられただけだ。ただそれだけで圧倒されて動けなくなる。

玲琳が女神と仰ぐ最愛の姉にして、大陸随一の大帝国を支配する女帝、李彩蘭。その人が目の前に立っていた。

頭のてっぺんから足の先まで行き届いた圧倒的美貌。年齢という概念は彼女の前に無力である。

彩蘭は固まった双子を見つめ、ふわりと微笑んだ。

「火琳と炎玲……ですね？」

名を呼ばれ、双子はしゃっくりでもするようにびくんと跳ねた。

「こんないたずらなことをする子は、玲琳の子に決まっています。他にはいません。

そうでしょう？　さあ、降りてきてください、わたくしに近くで顔を見せて」

白魚の手が伸ばされる。それに合わせて犬神が庭に這いつくばり、火琳と炎玲は惹(ひ)かれるように女帝の前へ降りた。

「よく来てくれましたね、ずっと会いたいと思っていましたよ。この獣も……一度見たことがありますね。たしか、黒衛……といいましたか？　紅玉の夫ですね？」

彩蘭は優しく微笑みながらそう語りかけてくる。突然巨大な獣が屋敷を襲撃するというこの異常事態を、なかったかのように受け流してその場を己の空気に変えた。

圧倒される一同の中、火琳が一歩前に出て、優雅な魁式のお辞儀をした。背後に控えていた雷真も風刃も、すぐさま女帝に跪く。

「お初にお目にかかります、李彩蘭様。私は楊鍠牙と李玲琳の娘、楊火琳。隣は弟の楊炎玲。先ぶれもなく訪(おとな)った無礼をお許しください」

堂々としたその挨拶に、怯えていた衛士や女官たちは感心したような吐息を漏らす。

「嘘でしょ……あれが玲琳様のご息女……少しも似てないわ、なんて礼儀正しい姫君かしら……」

ひそひそと話す声が聞こえる。

「火琳、あなたのことは玲琳や葉歌からいつも聞いていますよ。とても賢く、誇り高い女性であると。あなたに会えて嬉しく思います」

その言葉に火琳はぱっと頬を染めた。

「あ、ありがとうございます」

もじもじと俯いてしまう。火琳のそんな姿を初めて見た護衛たちは仰け反った。

彩蘭は美しい唇を開いて何か言おうとしたが、しかしそこで突然会話に割って入った者がいた。

「何だ、この獣は玲琳姫の蟲だったのか。こんな大きな蟲は初めて見るな。それで、玲琳姫は？　彼女は何故来ないんだ？　会談に同席する予定だったのは彼女のはずだが、約束の日を過ぎても姿を現さないのはどういうことだ？　何かあったのか？」

女帝と王女の会話に割って入ったのは、さっき彼らに矢をつがえた男だった。あまりにも無礼な振る舞いであったが、女帝も女官も衛士も、誰も男を咎めることはなかった。

火琳が不思議そうにじっと男を見上げていると、男はそれに気づいて火琳の目の前にしゃがみ目線を合わせた。

「君はお母様の代わりにここへ来たのかい？」

「……あなたは……普稀様？」

火琳は首をかしげて尋ねた。

普稀というのは女帝李彩蘭の後宮に納まるただ一人の夫の名である。

「ああ、君の義理の伯父……というのは厚かましいだろうが」

男——普稀は薄く笑った。

見るからに冴えないその姿は、美貌の女帝にまるで相応しくない。目の前の男をまじまじと観察する火琳に代わり、背後に跪いていた雷真が頭を上げた。

「発言をお許しください、李彩蘭陛下」

「許します」

彩蘭は鷹揚に頷いた。雷真は一度礼を言い、玲琳と鍠牙が蠱術を使う謎の一党に飛国へ攫われたこと、それを助けるために自分たちがここへやってきたこと、どうか力を貸してほしいということを切に訴えた。

話を聞いても、彩蘭は微動だにしなかった。

「そうですか……困りましたね……」

変わらぬ口調でそう呟く。

「お母様を助けたいんです。手伝ってください、彩蘭様」

火琳も真摯に訴えた。

「それはできません」

彩蘭はあっさりと拒絶の言葉を口にした。

火琳は一瞬信じられず、呆けてしまう。

「わたくしが玲琳を助けるとなれば、軍を動かさなければなりません。飛国との会談を前にそんなことをすれば、戦の引き金になります。わたくしは玲琳を可愛く思っていますし、失いたくはありません。大切な妹です。けれど、戦の引き金になるのならあの子を切るしかありません。もう一度言いますが、わたくしがあの子を助けることはできません」

優しい声で酷薄に告げられ、火琳は言葉を失った。呆然とする姉の手をぎゅっと握り、今度は炎玲が彩蘭を見上げた。

「それじゃあ、軍をうごかさないでたすけることはできないですか？　暗殺者とか、間諜とか、飛国にそういうのをおくりこんでないですか？」

幼子らしからぬ発想に、彩蘭は数度まばたきしてしかし首を振った。

「あなたの母はとても強く立派な蠱師です。その玲琳を攫ったような蠱師に、暗殺者や間諜が何をできますか？　ただの人間は蠱師の毒にやられるだけです」

またあっさり言われ、炎玲もしゅんと肩を落とした。

「……分かった、もういいわ」

俯いていた火琳がギッと鋭く目をつり上げた。

「あなたたちには頼まないわ！　やっぱり私たちの手で助けるしかないのよ！　炎玲！　雷真！　風刃！　黒に乗って！　お父様とお母様を助けに行くわよ！」

傲然と言い放ち、火琳は這いつくばっている犬神の背に乗る。

炎玲と護衛たちもすぐさま彼女のあとに続き、犬神はぐわっと立ち上がった。

周りから悲鳴が上がる。

「黙りなさいよ！　この程度で喚き散らして無様な腰抜け共ね！」

童女の暴言に、衛士や女官たちは唖然とする。

「なっ……やっぱり玲琳様の娘だわ……！」

「さあ、黒！　お母様のいる場所へ行って！　お前はお母様の血を飲む蠱なんだから、お母様の居場所が分かるはずよ！」

その命を聞き、犬神は屋敷の庭園から跳躍した。悲鳴を残し、瞬く間に屋敷から遠ざかる。

「時間の無駄だわ。こんなところに来るんじゃなかった！」

犬神の背の上で、火琳は悔しさと怒りを吐き出した。

「あんな人に憧れてたなんて、私……バカみたい！　妹を平気で見捨てるような酷い人なんだわ。お母様は今でもあの人を慕ってるのに！」

「でもへんだね、どうして紅玉は僕らをここにこさせたんだろう？　紅玉なら、こんなことになるってすぐわかったはずだよ」

炎玲が首を捻る。

「そんなの知らないわ。あの人たちが当てにならないってことだけははっきり分かったわよ。私たちでお父様とお母様を助けるしかないわ」

「そうですね、だけど相手は蠱師ですよ。しかも玲琳様を攫うほどの蠱師だ。黒だけで太刀打ちできるかどうか……」

風刃が黒の背を叩きながらぼやいた。

「そもそも蠱師は人を呪うもんで、何かと戦ったりするもんじゃない。だから俺らも、蠱師とどう戦ったらいいのか分からない。単なる盗賊とか兵士とやりあう方がずっと簡単だ」

「そうね、真っ向から戦ったりするの、愚策だと思うわ」

「では、どうなさるおつもりですか？」

難しい顔で問い質したのは雷真だった。

「蠱師は卑怯で狡猾です。こっそり近づいて裏をかくようなことはできません」

蠱師の血と才を受け継ぎながら蠱師を誰より厭っている男はそう言う。

「だったらこっそりしなければいいわ」

火琳はきっぱりと言った。

「私たち、何も恥ずかしいことなんかしてないもの。堂々とすればいいのよ」

「そうか、そうだよね。うん、どうどうとしよう」

力強く手を握り合う双子と、ぽかんとした護衛たちを乗せ、犬神は駆けてゆく。

そうして半日走り、犬神は飛国の王都を一望できる丘にたどりついた。

「さあ、黒。堂々と大暴れしましょう」

「黒、めいっぱい走りまわるんだよ。じゃまするものはぜんぶけちらしてだいじょうぶ。だけど、殺さないようにね」

双子はそう言って犬神の背を撫でる。

「は？　いやちょっと、二人とも何するつもりですか？」

「まさかおかしなことを考えているのでは……」

ぎょっとした護衛を無視して、双子は街を指さした。

「さあ、いくよ」

その声に弾(はじ)かれ、犬神は街へと襲い掛かる。屋根を跳躍し、街の中心を貫く大通りへ降り立つと、空気を震わす咆哮を上げる。

ヴォオオオオオオオオオオオオオオン!!

通りを行き交う人々は、突然現れた怪物に騒然となった。

「いやマジで何するつもりなんですか！」

風刃が責めるように問い質すと、火琳は真剣な顔で振り向いた。

「敵をおびき出すのよ」

「おびき出す？　こっちから攻め込むんじゃなく？」

「せめこむなんてダメだよ」

わけが分からない様子の護衛たちに、炎玲がぶんぶんと首を振る。

「お父様とお母様をさらった男には、蠱術がきかなかったって葉歌がいってたよ。だったら、犬神だってきかないかもしれないよ」

「そう、つまりアジトを直接襲ったら、黒が返り討ちに遭っちゃうかもしれないってことよ。それなら一人一人敵を削る方が有効でしょ？　自分の縄張りを荒らされれば、蠱師は怒って出てくると思うわ。毒の効かない男っていうのはお母様を見張ってなくちゃいけないでしょうから、出てくるのは普通の蠱師だけよ。それを一人一人仕留めて敵を減らせば、お父様とお母様を助けやすくなるはずだわ。簡単よ、黒ならたいていの蠱師には勝てるもの。そうでしょ？　黒」

信頼の言葉を向けられ、犬神はまた吠えた。

「いや……五歳児の考えることじゃねえだろ……」

風刃が頬を引きつらせて呟く。

「さあ、そうと決まったらあちこち壊して回りましょ、蠱師が出てくるまで」

「黒、がんばってあばれるんだよ」

気軽に物騒なことを言い、双子は犬神を走らせる。

建物が壊れ、人は逃げまどい、叫び、泣き、飛国の王都は阿鼻叫喚(あびきょうかん)の地獄絵図と化した。

そしてその光景を遠くから見ている者がいた。

「何だあの化け物は……まさか、玲琳か？」


「この国にあのような蟲を連れ込んだのはお前か？」

突然牢に押し掛けてきた白亜が、玲琳を睨みつけてそう聞いた。

「何の話かしら？　説明もなしに突然そんなことを言われても困るわ。お前には気遣いというものがないのかしら？」

あからさまな挑発をする玲琳に舌打ちし、白亜は腹立たしげに説明した。

「都に犬神が出現し、街中暴れまわっているそうだ。お前の仕業か？」

言われて玲琳は仰天し、その光景を想像した。確かに玲琳は犬神を一頭使役している。しかしそれは魁へ置いてきたから、勝手に動き出すはずはない。仮にそんなことがあるとしたら、その首謀者は……

その想像に眩暈(めまい)がして、舌打ちしそうになる。

あの犬神は……黒は……元人間だ。それ故か、人間的な思考で動くことがある。気に入った相手に懐き、その願いを聞くのだ。普通の蠱ではありえないことだ。

「悪虐の権化と呼ばれるようなモノを、よくもこの国へ呼びこんでくれたな」

返事を待たずに、白亜は玲琳の仕業だと決めつけた。そしてたぶん、それは間違っていない。

「あんなモノの相手をしている暇はない。お前をすぐムグラに喰わせる。主を失えば犬神も止まるだろう」

「主を失っても動く蠱はいくらでもいるわ。そんなことも知らないほど無知ではないでしょう？　飛国の蠱師一族の族長よ」

「死体になってもそんな軽口が叩けるといいがな」

白亜はにたりと笑った。

「白亜、俺が犬神を止めてこよう」

玲琳たちの監視をしていた骸がそう申し出る。彼は玲琳にまだ蠱術を使わせようとしているから、死なれては困るのだろう。

「ダメだ。お前に屋敷を離れられたらこの女が逃げるかもしれない。お前以外の奴隷は役に立たない」

「だが、今はムグラの様子がおかしい。この女の血を飲ませたら急に暴れ出したと報告を受けてるだろ。ムグラはお前がこの国を支配するのに必要な蠱だ。術は慎重に完成させるべきだ」

彼はもっともらしいことを言う。白亜はしばし渋面で考え、不意に不敵な笑みを浮かべた。

「分かった、ならば私が行こう。お前のくだらない足掻きを叩き潰してやるよ、胡蝶の娘」

そう言って彼女は部屋を出た。

骸は短く嘆息した。

「バカなことをしたな……。あの犬神はお前が魁から呼んだのか？　それで逃げ出せるとでも思ったのか？　お前は白亜を舐めすぎだ。あれは飛国に巣くう蠱師一族の族長だぞ。十分怪物だ」


「蠱師は出てこないわね」

疾走する犬神の背で火琳は呟いた。

「そもそも見ただけじゃ分からないですよ」

風刃が辺りを見回しながら言う。通りにはもうすっかり人がいなくなっていて、しんと静まり返っている。

「そうね……でも、蠱師なら蟲を連れてるはずだから……」

そこで犬神は急停止した。背に乗る一同は一瞬振り落とされかけるが、しがみついて難を逃れた。

犬神は鼻面に危険なしわを寄せ、唸りながら目の前の道を見ている。

そこに、小さな蛇が地を這っていた。清廉なほどに白い蛇……しかも一匹ではない。百……二百……数えきれないほどの白蛇が、ぞろぞろと地面を埋め尽くすようにそこかしこから這い出てくるのだ。

犬神は行く手を阻む蛇の群れに向かって吠えた。

炎玲は犬神の背からその白蛇を見下ろし、目を離さぬまま後ろへ話しかけた。

「雷真、お前は蠱師のちからがあるってほんとう？」

突然の問いに雷真は一瞬動揺を見せたが、すぐに渋面で頷いた。

「……蠱師の血と才を……受け継いでいるそうです。ですが、私は蠱術など使えませんし、蠱毒も……」

「うん、わかったよ。じゃあね、火琳をまもって盾になってあげて。お前ならたぶんあの蛇蠱におそわれても死なないからね。それから風刃は僕のうしろにいて。僕に毒はきかないからね」

瞬きもせずに白蛇を凝視しながら幼子は言った。

「炎玲、あれは蠱なの？」

「うん、そうだよ。蠱師がじぶんの土地をあらしてる敵をやっつけにきたんだ」

「私たちの計画通りね！」

きらりと火琳は目を輝かせる。

「うん……そうだといいけど……」

炎玲が表情を曇らせてそう呟いた時、犬神は身を屈めてぶるんと身震いした。背に乗っていた人間たちはあっという間に振り落とされる。地面に落ちる間際、護衛は子供たちを受け止めた。

全員が驚いて犬神を振り返ると同時に、犬神は蛇蠱の群れに襲い掛かった。

凄まじい咆哮を上げ、蛇蠱に喰らいつく。しかし蛇たちはしゅるりとその牙を躱(かわ)し、犬神の全身へ噛みついた。犬神が怒りと痛みに吠える。蛇はその小さな体をじわじわと伸ばし、犬神に喰らいついたまま体に巻き付いて全身を締め付けた。

無数の蛇にぎりぎりと締め上げられて、犬神は吠えながら地面をのたうち回る。

「黒！」

炎玲が叫びながら駆け寄ろうとするのを、風刃が後ろから抱きとめた。

「近づいちゃダメです！」

「でも黒が……！」

誰も何もできずその場に立ち尽くすしかなかった。犬神の強さをみなよく知っている。その犬神が、あっさりと締め上げられて苦しんでいるのだ。ちっぽけな人間に何ができるというのか……

絶望に佇んでいると、

「吠えるな、小犬」

低い女の声が辺りに響いた。人々の逃げ去った街の通りに、いつの間にか一人の女が立っていた。

女は締め上げられて地面に転がる犬神に近づき、その鼻面に手を触れた。

「へえ……お前はおかしな犬神だな……本当に犬神か？　いや……違うな、お前……元は人間だろう？　胡蝶の娘は頭がどうかしてる。人間で犬神を造蠱したのか。だがお前、力が尽きかけてるな。最後に主の血を飲んだのはいつだ？　お前、飢えてるな？　力が欲しいなら、私が与えてやろう」

凶悪な笑みを口の端にのせ、己の指を嚙み切り、血の滴る手を犬神の口へ突っ込もうとする。

「ダメだ！　黒！　にげて！」

女が何をしようとしているかすぐさま察した炎玲は、叫びながら風刃の手を抜け出し、犬神に向かって駆けだした。

「お前はお母様の蠱だよ！　ほかの蠱師の血なんかのんじゃダメだ！」

そう言って女の足に体当たりする。

女は体をぐらつかせながら足元を見下ろした。

「お前は誰だ？　小僧。人の庭に入り込んで犬神を操ってたのか？　この小犬は胡蝶の娘のものだろう？　だとしたら……お前は胡蝶の孫か何かか？」

「胡蝶は……おばあさまのなまえだよ。あなたはだれなの？」

「そうだな……お前たちの命を奪う……死神だよ」

そう言って、女は炎玲の首を掴んだ。

「おい、てめえ……くそババア！　その子を放しやがれ！」

風刃が怒声を放って剣を抜く。しかし彼が飛び掛かってくるのを炎玲は必死に手を振って制した。

「風刃！　うごくな！　うごいちゃだめだ！　うごいたらかまれる！」

その叫びに風刃が硬直し、女は怪訝に目を眇めた。

「お前、私が放った土蛇によく気付いたな。そうだよ……土中の土蛇がお前たちを狙ってる。それが見えるのか？」

問い質し、女は炎玲を凝視する。

「……ああ……驚いた。お前、男のくせに蠱師の才を継いでるじゃないか」

女はにたりと笑って炎玲に顔を寄せた。

「男の蟲師は貴重だ。雌と番い合わせれば優秀な子が生まれる。気に入った。お前を連れて帰ろう。胡蝶の孫……お前を種馬として育ててやる」

炎玲はその言葉の意味を定かには理解できなかったが、そこに込められた悍ましい気配を感じ取ってぞっとした。青ざめて凍り付いた幼子を、女は手荒く引き寄せる。

「さて……残りは全部蛇蠱の餌にして、小犬と小僧は連れて帰るとするか……」

女がくっくと不吉な笑い声を立てたその時、遠くから地響きが聞こえた。女はそれに気づいて通りの向こうを凝視する。遥か彼方に土煙が上がっている。地響きが次第に近づき、それが無数の蹄の立てる音だと分かると、女は顔色を変えた。

「くそ……忌々しいあの馬鹿王子か……」

吐き捨て、炎玲を放り投げる。炎玲は地面に転がり、呆然と空を見上げた。

「あれほどの数を相手にする蠱は連れてきていない。お前たち、命拾いしたな」

そう告げると、女は甲高い口笛を吹いた。その音に反応し、蛇蠱の群れは犬神を解放して、ぞろぞろと女の衣の中へ吸い込まれてゆく。蛇がいなくなると、女は背を向けてその場を立ち去った。通りの角を曲がり、すぐに姿は見えなくなる。

「炎玲様、無事ですか!?」

風刃が駆け寄って、ひっくり返っている炎玲を抱き起こした。

「炎玲！　なんて危ないことするのよ！」

火琳も転がるように走ってきて弟にしがみついた。

「だ、だいじょうぶ……」

炎玲は身を硬くしてガタガタと震えている。

そこへけたたましい蹄の音を響かせて、二百を超える騎馬が駆けてきた。

驚く一同の前で馬は停止し、先頭の馬に乗った男がにやりと笑った。

「よう、おチビどもじゃないか。元気だったか？」

双子は同時に目を丸くし、男を見上げた。

「榮覇おじ様！」

火琳が立ち上がり、目を輝かせて手を伸ばした。

馬に乗っているのは飛国の第二王子にして玲琳と鍠牙の知己、燭榮覇だった。

榮覇はひらりと下馬し、火琳を抱き上げてぐるんぐるんと振り回した。

「でかくなったなあ、おチビ姫」

「その呼び方やめてちょうだい、榮覇おじ様」

「おじ様ってゆーな、お兄様と言え」

「だっておじ様、お母様より年上じゃないの」

火琳は呆れたように言った。

その様子を見て少し安堵した炎玲も、榮覇に駆け寄って裾を引っ張る。

「助けてくれてありがとうございます、榮覇おじ様」

「チビッ子も元気そうじゃねえか」

榮覇は快活に笑いながら炎玲の頭をぐしゃぐしゃ撫で、そこで真剣な顔になった。

「それでお前ら、何でここにいる？　俺が会談に呼んだのは玲琳だ。黒犬の化け物を見て、玲琳の仕業かと思ったんだが……あの犬ころは玲琳の蠱じゃねえのか？」

親指で背後の犬神を指す。蛇蠱から解放された犬神は、小さく縮んで普通の黒い犬になっていた。力なくべしゃりと地面にうつぶせている。

「黒！　ごめんね、お前を守ってあげられなくて」

炎玲は慌てて犬神に駆け寄り、抱き起こそうとする。犬神はくうんと鳴きながら起き上がり、炎玲に鼻面を擦り付けた。

「さて、説明してもらうぜ。人の国で勝手に大暴れしてくれたんだ。洗いざらい吐きやがれ」

そう追及され、一同は顔を見合わせて事の仔細を説明した。話すたび、榮覇の表情は険しくなる。

全て聞き終えると、彼は深いため息をついた。

「なるほどな、話はよく分かった。まさかそんなことになってるとはな……」

「さっきここにいた女の人……ものすごく強い蠱師だったよ。黒がこんなにやられちゃうくらい。この国の蠱師なんだと思う」

　炎玲の真摯な訴えに、榮覇は苦い顔になる。

「……正直、心当たりがねえわけじゃねえよ。今この国の次期国王は、蠱師の一族に心酔してやがる。そいつらの手から逃れるために、俺は王宮から飛び出したんだ」

　おどろおどろしい声で言い、にたりと笑う。

「今まで証拠がなかったが、これでやっとヤツらを排除できる。おチビども、玲琳と鍠牙をこのまま助けにいくぜ」

「そうね、お父様とお母様の居場所を黒に見つけてもらいましょ！」

「だけど、黒は疲れちゃってるよ」

　炎玲は犬神を庇うように撫でた。犬神は彼らの会話をしかと理解し、ぶるんと体を震わせて立ち上がろうとして——またべちゃんと潰れた。

「はは、そいつもご主人様のために体を張って疲れたんだろ。まあ休ませてやれや。ヤツらの居場所なら把握してる。お前ら、化け物の巣窟へ向かうぞ、準備はいいな」

　榮覇が振り返ると騎馬の兵たちは、おう！　と声を揃えて応えた。

　それを受け、榮覇はにたりと笑った。

「さあて、害虫駆除に行くとしようぜ」

「面倒なことになった」

屋敷へ戻った白亜は、玲琳と鍠牙が捕らえられている牢にやってくるなりそうぼやいた。

「ここしばらく逃げ隠れしていた馬鹿王子が敵対した」

「……榮覇のことかしら？」

馬鹿王子という言い方に当たりをつけてそう聞くと、彼女は苦々しげに息をついた。

「あの王子が魁の王妃に心を奪われて求婚し続けてるというのは、有名な話だからな。お前を助けるために兵を動かしたんだろう。弟の陰で自由気ままに振る舞ってる馬鹿王子かと思えば、やってくれる……」

「あの男は馬鹿だけれど、あれで敏く抜け目ない男なのよ」

　ふっと笑いながら玲琳は言った。

「奴には軍を動かす権限があるからな、あれをここへ投入されると困る。ムグラを使って奴らを洗脳してもいいが、ここまで溜めた血を消費することになるのは痛い」

「様を見なさい」

　玲琳の余裕ぶった嘲笑に、白亜はたちまち激昂した。

「そこまで死にたいか！　忌々しい胡蝶の娘め！　だったら望み通り、今すぐ術を完成させてやろう。今日がお前の命日だ。骸、ムグラを連れてこい！　この女の体を頭から一飲みにさせてやる」

憎悪の滴る声で言われ、玲琳は胸中で舌打ちした。

それはまずい。体ごと全部食われるのはまずい。

己の失策に臍を噛み、しばし思案して、玲琳は強硬手段を取るしかないと決意する。

この男の記憶を――今すぐ無理やりにでも取り戻させるしかない。この男が蠱師を敵だと認識すれば――この場から遠ざかれば――玲琳は蠱術を使えるようになる。

しかし問題は、玲琳の身体能力でこの男の動きを封じられるかということだ。玲琳が触れようとすれば、骸は当然警戒するだろう。どうにか驚かせて動きを止めて、その間にこの男の内側を探る……最良の方法はいったい何だ？

鍠牙が相手であれば、接吻一つで黙らせることができるのだが……。何せ鍠牙は妻が与えるものなら苦痛も毒も平気で受け入れる変態だから。

しかし骸にそういう手は通用しまい。いや、案外通用するのか……？

玲琳は難しい顔で考え込んでしまう。迷った挙句、何でも試してみる価値はあるかと腹を括ると、玲琳は骸の方へ体を向け……しかし一歩踏み出す前に、奴隷の男が牢へ駆け込んできた。

「白亜様！　兵士たちが屋敷を取り囲んで乗り込んでこようとしています！」

必死の形相で訴える。

「あの馬鹿王子め……どうやってこの場所を摑んだというんだ」

白亜は苦々しげに唸った。

「無能な人間どもに我々蠱師が脅かされるようなことがあってたまるか。兵士など皆殺しにしてやるわ。骸、お前も一緒に来い。私を守れ」

そう言うと、白亜は牢を出ていく。

「白亜、こいつらは？」

「今はそれどころではない！」

白亜はそう怒鳴り、骸を連れて敵兵を討ちに階上へと上がっていった。

「榮覇が来たのかしら……」

何故ここが分かったのだろうかと疑問に思いながら玲琳が呟いたその時、異変を知らせにきた男――まだ年若い少年の奴隷が、辺りをさっと見回して言った。

「兵が来たってのは嘘だ」

「……え？」

「裏口を開けてある。この隙にここから出よう」

そう言われても理解が及ばず玲琳は困惑する。戸惑う玲琳の傍らで、鍠牙が鷹揚に立ち上がり、少年の肩をぽんと叩いた。

「よくやってくれたな、由蟻。一緒に行こう、これでお前は自由だ」

優しく笑いかける鍠牙の嘘臭い笑みと、鍠牙を見る少年の縋るような目に、玲琳はおおむね察した。

この少年……鍠牙に籠絡されたのか……

いったいいつの間にこんなことをしたのかと、玲琳は鍠牙を睨んだ。

「姫、行くぞ」

怪我の痛みなど微塵も感じさせない機敏な動きで、鍠牙は玲琳の手を摑んだ。

「俺が案内する、こっちだ」

由蟻と呼ばれた少年に先導され、玲琳と鍠牙は密かに牢を抜け出した。

地下を静かに進み、通ったことのない階段を上がり、誰にも見咎められないよう裏手の小さな扉をくぐって外へと抜け出し――

「どこへ行くつもりだ?」

そこで背後から呼び止められた。

全員がはっと振り向くと、そこに二振りの剣を手にした骸が立っていた。肩には金色の羽をもつ鶏蠱がとまっている。

ここでこの男に見つかること――それはすなわち死を意味していた。

それを想像し、玲琳はひやりとした。この場にこの男を御せる人間はいない。

「胡蝶の娘……約束が違うな。お前は俺のために術を使うと取引したはずだ」

底冷えのする声で言われ、ぎくりとする。

約束を破ろうとしたことにではなく、その内容に——

「あの血の持ち主を見つけ出すまで、お前を逃がすことはできない」

「死んでいるわ」

玲琳は放り投げるように言っていた。

あまりにも唐突過ぎて、骸は意味が分からなかったらしく呆けている。

「私の蠱術はしくじってなどいない」

これを言うことは正解なのだろうか……

迷いながらも覚悟を決めて、玲琳は言った。

「……何の話だ？」

「お前が私に呪わせた……葎という人間の話よ」

その名を出されてようやく骸の表情が変わった。

「私の蠱術はしくじってなどいなかった。私の生んだ蠱は確かに葎を呪ったわ。だから鶏蠱に襲い掛かったの」

「……どういう意味だ？」

「葎は……ムグラに血を啜られて術の生贄になった。もう死んでいるわ」

そう告げると、骸は目を見開いて凍り付いた。

「疑うなら、ムグラをよく調べてみなさい。その血の中に葎の血が流れているわ。さあ、これで約束は果たしたわ。今度はお前が守る番よ。お前は私たちの命を助けてくれると言ったわね？　ならば私たちがここから去るのを見逃しなさい」

強い口調で言う。しかし骸は全く反応しない。

「文句がないのなら私たちは行くわ。左様なら」

ひらりと手を振り優雅に身を翻し、玲琳は落ち着いた足取りでその場を去る。

走ったり逃げたりしてはいけない。刺激せず、当たり前のように立ち去らねばならない。

そんな玲琳に続いて、鍠牙も静かに歩き出す。その手には怯えて走り出そうとしている由蟻をしっかと捕まえている。

三人は屋敷を出て人気のない細い路地を坦々と歩いてゆく。そうして角を曲がり、骸の視界から消えた瞬間――鍠牙が由蟻の手を放して玲琳を担ぎ、全速力で走り出した。由蟻も頼りない足取りでそれに続く。

「走れ！　止まるな！　止まったら死ぬぞ！」

鍠牙が恥も外聞もなく叫ぶ。

「あの男は追ってきてるか!?」

「いいえ、誰も来ないわ」

玲琳は担がれたまま背後を見て、誰の姿も見えないことを確かめる。

「よく分からんが、あなたの言葉が効果的だったらしいな」

「そのようね」

言いながら、バクバクと心臓が早鐘を打っている。

葎が骸にとって、白亜が自分の味方であることを証明するための人間だ。蠱師を信じ続ける要になる存在だ。死んだと知れば胸中穏やかではいられまい。

その事実を告げたことが、はたして正解だったのかどうか……玲琳には分からない。

与えられなかった真実に飢えて、あの男が本当のことを知りたいと欲するのなら、
玲琳はそこにつけこんであの男を籠絡することができるかもしれない。

だが……何故か嫌な予感が拭えないのだ。

「どこへ逃げる?」

考え込む玲琳を担いで走りながら鍠牙が聞いた。

「あ……俺が榮覇王子と連絡を取ってる。迎えに来てくれるはずだ」

いささか興奮した様子で由蟻が答える。

「でかしたぞ、由蟻。お前がいてくれてよかった」

鎧牙が快活に笑いかけた途端、由蛾はかあっと顔を真っ赤にして俯いた。褒められるのに慣れていない様子である。

「本当に……俺を連れていってくれる？」

「ああ、約束だ」

「うん……あんたの言うことなら信じるよ」

無垢な信頼を向ける由蛾に、鎧牙は嘘くさい笑みを向ける。

こんな稚い少年を誑かすとは、何という罪なことを……玲琳は担いで運ばれながら鎧牙の背中をぴしりと叩いた。

「どうした？　姫」

「お前はいずれ地獄へ落ちるわ」

「ははは、そんな分かり切ったことを今更言うか」

鎧牙は悪びれもせずに笑った。

そうしてしばらく走り、川沿いの通りへ出たところで、遠くから蹄の音が聞こえてきた。立ち止まってその音を待つと、見知った男が馬に乗って駆けてくる。

その姿を見て玲琳はほうっと息をついた。鎧牙も同じように肩の力を抜き、玲琳を地面に下ろした。

「玲琳！　無事だったか！」

叫びながら馬を駆るのは飛国の第二王子、燭榮覇だった。

彼は目の前で手綱を引くと、勢いよく下馬し、玲琳を抱きしめた。

「あんたが生きててよかった。今も俺の妻の座は空いてるぞ。チビたちを連れて俺のところに来いよ、二度とこんな目には遭わせないから」

まったく彼は昔から少しも変わらず、会うたび玲琳を口説いてくるのである。

冗談めかした物言いだが、抱きしめる腕の強さが彼の本気の心配を物語っていた。

「心配させたわね、来てくれて助かったわ」

玲琳は苦笑まじりに言い、彼の背に触れる。するとそこで鍠牙が玲琳から榮覇を引きはがした。

「馴れ馴れしく触るのはやめてもらおうか」

凄みのある笑みで榮覇を咎める。すると榮覇は鍠牙に手を伸ばし、今度は鍠牙をがばっと抱きしめた。

「あんたも無事でよかったよ、鍠牙」

その率直な言葉に、鍠牙は面食らって反応できずに固まった。

榮覇という男は傍若無人で自由気儘に生きているかのように見えるが、その内側は情に厚く真っすぐだ。この男は鍠牙と似た状況で育ちながら真逆の強靱な精神を形成しているのである。

抱きしめられた鍠牙はしばしそのまま固まっていたが、突然がくんと膝の力を抜いて棠覇に縋った。

「うお！　おい、何だ？」

全身を預けられた棠覇はその重みによろめく。鍠牙は彼に縋ったまま、完全に意識を失っていた。

「無茶をするからよ、本当に愚かな男」

玲琳は嘆息し、鍠牙の脇腹に手を触れる。

「安全な所へ連れていってちょうだい。きちんと治療しなければこの男は死んでしまうわ」

「分かった、任せろ。こいつが死んだらあんたの面倒は俺が見てやるから」

「頼もしいわね、任せるわ」

そう言って笑うと、急激に眠気が襲ってきた。そういえば、ここしばらくまともに眠っていなかったし、血も足りない。

「眠い……」

そう呟き、眠気に負けて何げなく目を閉じる。そして——そのまま目を開けることはなかった。

第四章　終わりの始まり

気が付くと、見知らぬ寝台に寝かされていた。

自分が眠っていたのだと気づくまで少しかかり、のっそり起き上がって隣を見ると、並んだ寝台に鍠牙が寝かされていた。痛みがあるのか脂汗をかいており、酷く顔色が悪い。

玲琳が寝台から出ようとすると、

「あ！　お母様！　目が覚めたの!?」

「お母様！　だいじょうぶですか!?」

部屋の隅で黒い犬を撫でていた火琳と炎玲が転がるように駆けてきて、寝台に飛び乗り抱きついてきた。

その様子を見て、控えていた不思議な衣装の女性が慌ただしく部屋を出てゆく。

玲琳はいささかの驚きと共に深く息をついた。

「お前たち……本当に来ていたのね」

すると火琳は顔を上げ、目を輝かせた。

「もちろんよ。私たち、お母様とお父様を助けにきたんだから！」

誇らしげなその瞳を見返し、玲琳はほっとすると同時に少し困って考え込んだ。

本当ならば、危ないことをするなと叱るべきところなのだろうが……

しばしの逡巡の末、玲琳は二人を撫でながら言った。

「お前たちが来なければ、私と鍠牙は死んでいたかもしれないわ。お前たちに助けられたわね、ありがとう」

すると二人はぱあっと頰を紅潮させ、喜色満面になった。

「あのね、本当は最初、西浄にいる彩蘭様に会いに行ったの。お母様を助けるのに力を貸してくださいってお願いしたのよ」

玲琳は思わず瞠目する。

「お前たち、お姉様に会いに行ったの？」

「そうよ、だって紅玉が……そうしろって言ったんだもの。だけど、彩蘭様は助けられないっておっしゃったわ。あんな冷たいこと言うなんて信じられない。彩蘭様も普稀様も、お母様とお父様を見捨てようとしたのよ！　何で紅玉は彩蘭様に会えなんて言ったのかしら」

火琳はぷんすかむくれている。

「ああ、兄上様も会談の場にいるのね。あの人はお姉様の護衛でもあるから……」

玲琳は姉の真意を想像する。彩蘭は飛国との同盟を望んでいるのだ。ならば、軍を動かして飛国と事を構えるようなことはするはずがない。たとえ玲琳が死ぬとしても、指一本動かしはしないだろう。

だからこそ、彼女は玲琳の愛する姉なのだ。それを思い、玲琳は笑み崩れる。そこで炎玲が玲琳の袖を引いた。

「たすけてはくれなかったけど……だけど、彩蘭様も普稀様もすごいひとでした。ふたりとも、黒をみてもぜんぜんおどろかなかったんだもの」

「お前たち、まさか黒を連れてお姉様に謁見を？」

すると双子は同時に頷く。その光景を想像し、玲琳はうっかり吹き出した。

「二人とも、お姉様相手によく頑張ってくれたわね」

褒められて、むくれていた火琳はちょっと嬉しそうな顔になった。が――

「軽々しく褒めるのはおやめください！」

岩のような声と共に、入り口から火琳の護衛役である雷真が入ってきた。彼は険しい顔で玲琳を睨む。そしてそんな雷真を押しのけるように炎玲の護衛役である風刃が入ってきた。どうやらさっきの女性が二人を呼んできたようだ。

「いやー、よかったよかった。玲琳様がご無事で」

軽く笑いながら風刃が言うのを、雷真はじろりと睨む。

「貴様も少しは真剣に考えろ。火琳様と炎玲様は本当ならするべきではない無茶をなさり、危険を冒した。二度とこのようなことが起きないよう、お妃様はお二人を叱るべきです！」

厳しい言葉に、一瞬室内はしんとなった。

玲琳はその静けさを打ち破って口を開いた。

「そうね……火琳と炎玲が二人だけで行動を起こしたのなら、私は叱ったかもしれないわ。けれど、お前たちを連れて来たのでしょう？　ならば、危険を冒したとは言えないわね。お前たちの傍なら安全に決まっている」

本心からそう答えると、雷真はぐっと押し黙り、風刃はにんまりと笑った。

「ところで、ここはどこなの？」

玲琳は今更そのことに気が付き、室内を見回した。飛国風の派手な意匠。未だ自分が飛国にいることははっきりと分かる。

「ここは――」

「王都の西にある神殿だ」

答えたのは玲琳が目覚めたと知らされて駆けつけたらしい榮覇だった。

「俺が斎との会談を取り付けたんで、弟ともめてな。それでちょっと前に家出して、今はここを隠れ家にしてるんだよ」

なるほどさっきの見慣れぬ服を着た女性は巫女か何かかと、玲琳は納得した。

「お前は神殿と関係が悪いのではなかったかしら？」

彼の母は元々神殿の巫女で、王に見初められ側室となった当時は穢れた巫女と蔑まれ、縁を切られたと聞いている。

しかし榮覇はからりと笑った。

「いつの話だ、そんなもんとっくに解消してるぜ。ここは弟も手を出せねえ場所で、隠れるにはもってこいだ。何より、奴らは弟より俺の味方だからな」

「へえ、さすがね」

この男が自由気儘傍若無人な振りをして、案外如才ない男であることを玲琳はよく知っていた。

「ああ、何せ弟は今や蠱師どもの言いなりだ。神官どもにとっちゃろくでもない次期国王なんだよ」

榮覇は苦々しげに吐き捨て、玲琳に近づいてくると寝台の横にあった木の椅子に腰かけた。

「さて……あんたの目が覚めたところでこれからの話をしようや」

感情を消し去ったかのような冷たい目が玲琳を射る。

「これからの話？」

「玲琳、あんたには子供と旦那を連れて今すぐ国へ帰るという道がある。あんたは攫われてきただけの被害者で、これ以上何かをする責務は一つもない」

静かに語る榮覇の表情は真剣で、彼がこれから重大なことを訴えようとしているのだと分かった。

「そうね、私には国へ帰る権利がある。だけど……お前は私にそれを望むの？」

先を促すと、榮覇は膝の上で両の拳をきつく握り合わせた。

「……玲琳、その権利を放棄してもいいというなら、どうか俺を助けてくれ。そのために俺はあんたを会談の場へ呼んだんだ。蠱師としてのあんたに依頼する。俺を……俺たちを救ってくれ」

全員が固唾をのんで見守る中、玲琳は彼を見つめ返した。

「……蠱師に救いを求めるの？　お前も愚かね。まあ……もっと愚かな男を知っているから驚きはしないけれど」

「俺を鍠牙と一緒にするなよ」

榮覇は玲琳の言わんとすることをすぐに察し、わずかに苦笑する。

「そうね、あれと一緒にしては気の毒だわ。それで？　私に何をしろと？」

「……弟を……燭榮丹を呪殺してほしい」

彼が振り絞るように言うと同時に、雷真と風刃が顔色を変えた。

「おい！　てめえこの野郎！」

風刃が怒鳴りながら炎玲の耳を塞いだ。

「そんな話、ガキの前でするんじゃねえ！」

「悪いが俺は、そいつらをガキだと思っちゃいないんでね」

いつもチビチビ呼ばれている双子は、榮覇の言葉に目を真ん丸にしてお互い顔を見合わせた。

「胸糞悪いぜ、てめえなんぞのために何で玲琳様が動かなきゃならねえんだ」

風刃は今にも飛び掛かりそうに犬歯をむき出しにして怒っている。隣にいる雷真は一見落ち着いているようだったが、王宮一の美男子と呼ばれるその美貌が、いつもより格段に冷たいものになっていた。

この二人は玲琳に言い寄る榮覇を嫌っているのだ。雷真は鍠牙への忠誠ゆえ、風刃は玲琳への忠誠ゆえに。そのため、顔を合わせるたびに彼らはいつも一触即発の空気を作るのだが……たちの悪いことに、榮覇はそういう彼らをたいそう面白がっているのである。この男は基本的に人が好きで、毒気のない人間なのだ。

「みな、喚くのはおやめ。大の男が見苦しいわ。雷真、風刃、子供たちを別の部屋へ連れていって。榮覇、私と話をしましょう」

玲琳はじろりと彼らを見やり、そう言った。

双子はむうっと口を尖(とが)らせたが、玲琳に一睨みされるとおとなしく護衛に連れられ部屋を出ていく。

室内には玲琳と榮覇と、眠り続ける鍠牙だけが残された。

榮覇は疲れたようなため息をついた。彼があまり人前では見せない姿だった。

「お前、何故弟の呪殺を望むの？」

玲琳は彼を慰めることも待つこともせず、淡々と切り出した。

「……榮丹はもうダメだ。蠱師どもにいいように操られて、おかしくなってる。民の信頼なんざとっくになくしてるし、国は荒れる一方だ。このままだと飛国は破滅するぜ。なにしろあいつは李彩蘭に喧嘩を売ろうとしてるんだからな。あの女帝に本気で勝てると思ってるのかよ。冗談じゃない……ここは俺の生まれた国だ……壊されてたまるか……」

「それでお前が王になるの？」

「……それしかねえだろうな。不本意だが、しょうがねえ」

榮覇は座ったまま俯いた。この男が飛国王家の血を引いていないことを知る者は少ない。彼にとって王位の簒奪(さんだつ)は背負いきれないほどの罪だろう。それでも、彼はやると決めたのだ。

「いいわ、依頼を受けてお前の弟を呪おう」

玲琳は覚悟を決めてそう答えた。彼は一瞬表情を凍てつかせ、魂を吐き出すような深いため息をついた。

「助かる……なるべく苦しまないように殺してやってくれ」

「いいえ、殺さないわ」

玲琳の返答に、榮覇は一瞬ぴたりと止まり、訝るように顔を上げた。

「今、なんつった？」

「殺さないと言ったのよ」

「何で……」

「お前が望んでいないから。蠱師は依頼主の望みを叶えるものよ、だからお前の弟は殺さない。だってお前は殺したくないのでしょう？」

「そりゃ……誰が自分の弟を殺したいもんか」

血が繋がっていなくとも、彼にとっては大切な家族なのだろう。

「ええ、だからお前の弟は殺さない。その代わり——別の呪いをかけるわ」

玲琳は嫣然と微笑む。榮覇の表情はますます怪訝なものになった。

「別の呪いって……何する気だ？」

「お前は弟を殺したくない。けれどこのまま弟を放っておくこともできない。彼は蠱師に心酔して依存していて、説得できるような精神状態ではないわ。私は直接それを見たもの。ならば――彼を操ってしまえばいいのよ。お前が弟を傀儡にしてしまえばいいわ。そうすればもう、二度と蠱師に傾倒することはないでしょう。お前の国は守られる」

微笑みを添えられたその提案に、榮覇はしばし放心し、ひきつるような笑い声をあげた。

「おい……あんた……正気か？　あの蠱師どもよりよっぽど悪辣だ」

「蠱師とは悪辣なものよ」

玲琳の酷薄な言葉に榮覇は数拍言葉を失い、深く深く息をついた。

「ああ……そうだったな。俺の覚悟が足りなかったんだ。泥を被り続ける覚悟がなかった。…………いいぜ、そうしよう。榮丹には傀儡になってもらう。俺は死ぬまでその姿を見続けてやるよ。だからそのための呪詛を生み出してくれ」

「いいわ、その依頼を受けましょう」

玲琳は己の胸に手を当てて、座したまま礼をしてみせた。

榮覇が部屋を出てゆくと、玲琳は護衛役の雷真と風刃を呼んだ。

玲琳はもう寝台から出ており、部屋の中を思案しながら歩き回っていた。

「それで、帰国はいつになりますか？　陛下が目覚めたらすぐにでも……と、私は思っているのですが」

雷真が真剣な顔で提案する。

「黒の背中に乗せりゃあ楽に帰れますよ。傷にも障らないはずだ」

風刃も同意するように続けた。

玲琳は立ち止まって二人を見ると、首を小さく横に振った。

「いいえ、私はまだ帰れないわ。私は蠱師として、この国を救うための呪詛を生み出してほしいと依頼を受けた。依頼主の望み通り、榮覇の弟に呪詛をかけて傀儡にしなければならないわ。そしてもう一つ、この国に仇なす鶏蠱を始末しなければならない。依頼主の望みを叶えるため……そして、屈辱を受けた私の蠱師としての尊厳を取り戻すために……ね。そのために必要な蠱を作り出さなくてはならないのよ」

そう宣言すると、護衛たちは驚きと憤慨の表情を浮かべた。

「あんな奴のために何で玲琳様が動く必要があるんですか」

「その通りです。一刻も早く魁へ帰るべきだ」

「お前たちの意見が合うのは珍しいわね」

くすっと笑われた護衛たちはムッとする。

「私は蠱師だから、受けた依頼は完遂するわ。そして敵を前におめおめと逃げたりもしない。お前たちは、火琳と炎玲と鎧牙を連れて先に帰りなさい」

「玲琳様だけ置いていけるわけないでしょうが！」

「少しは自分の立場を弁えていただきたい」

目くじらを立てる護衛たちを愛おしく思い、玲琳は笑いながら小首をかしげた。

「私は国などというものには興味がない。戦が起きようと、誰がどれだけ血を流そうと、私には関わりがないわ。ただ、私のお姉様はこの件を穏やかに解決することを望んでいらっしゃる。そして何より、飛国には火琳の味方でいてもらわなくてはならないわ」

いずれ火琳が女王になった時に――という意味を言外に感じたのだろう、雷真と風刃の表情が変わった。

「それじゃあまあ、しょうがないですね」

「それが火琳様のためになるのでしたら。で、私たちは何をすればいいんですか？」

「お前たちも手伝ってくれるの？」

「あなたの手伝いができるのは俺らくらいでしょう」

風刃は親指で自分の胸を指した。玲琳は思わず顔をほころばせる。

「ありがとう。それなら蠱術の材料を集めてきてちょうだい。ここには薬も毒も何もないようだからね。飛国の神を信仰する敬虔な信者は薬を飲まないそうだから、外から調達しなければならないわ。敵の蠱師たちに悟られぬようにね」

「承知しました」

玲琳は必要なものを彼らに告げて、使いに出す。本当は自分の足で調達したかったが、それがどれほど危険か理解できぬほど傲慢ではなかった。

蠱師が襲ってくるのなら、返り討ちにしてやればいい。だが、骸が来たら……毒が効かぬあの男から身を守るすべが、玲琳にはない。だから、兵に守られたこの神殿から出るわけにはいかないのだ。単純な兵力にものを言わせることでしか、あの男を退けることはできないのだから。

考えるだけで屈辱的だったが、いかに屈辱的であろうと認めなければならなかった。

最後に見た彼の姿を思いだす。玲琳が葎の死を告げた時の骸のことを——

あの男にとって、葎とは何だったのだろうか？

伯父一家の生き残りだと言っていた。骸を虐待していたはずの、伯父一家の生き残り……そんな相手の血を、なぜ彼は持っていたのか……

玲琳は何度もその血に触れた。術を生み出す媒介にしたし、乾いた血を口に含みもした。

あれだけ触れれば分かることがある。あれは女の血だった。それもかなり若い……

少女と呼ぶべき年頃の女性の血。骸の伯父一家で、たった一人生き残っていたはずの少女……恐らく従姉妹だ。その死に彼は、酷く衝撃を受けていた。

葎の血を啜り殺し、骸にだけ懐く鶏蠱のムグラ。

育ての親である伯父夫婦を殺され、記憶を封じられ、奴隷として蠱師に使われてきた骸。そんな骸に、胡蝶は何をしたのか――

出会ってからこれまでのことを思い返していると、玲琳の頭の中に突然一つの記憶がよみがえった。

骸が口にしたあの言葉……

胸に影を落としていた嫌な予感の正体……

そうか……胡蝶は骸の腹をえぐったのだ。

彼自身が確かにそう言った。

だから彼は葎の居場所を突き止めようとした。

しかしその死を知ってしまった今、彼はいったいどうするのだろう？

突如襲い掛かってきたその想像に、玲琳は身震いした。

もしかすると自分は、取り返しのつかないことをしてしまった……？

言うべきでないことを、言ってしまったのかもしれない。

考えても答えは出ず、脳裏に浮かぶ男の姿は化け物めいて見えた。

ただ一つ、確かに分かることがある。玲琳は……あの男を籠絡することはできない……ということだ。


玲琳がいなくなると、鍠牙は静かに目を開いた。

本当はずいぶん前に気が付いていた。ただ、眠ったふりをしていたのだ。

のっそりと起き上がる。腹の中が酷く痛むが、それを無視して部屋を見回す。

部屋の隅に黒い毛玉が丸まっているのを認めると、鍠牙は声を潜めて呼んだ。

「黒……こっちへ来てくれないか？」

すると毛玉――犬神の黒はぱっちり目を開けて立ち上がった。音もたてずに近づいてくる。

ひらりと寝台に乗ってきた黒犬に向けて、鍠牙は話しかけた。

「お前の主はどうあっても国へ帰ってはくれないようだな」

犬神はくうんと鳴いて小首をかしげる。

「彼女はこうなったらてこでも動かないだろう。俺に止める力はない。だから、お前に頼みたいことがあるんだ。どうしても必要な……お前の主の怒りを買ってでもしなければならないことだ。お前以外の誰にもできない。引き受けてもらえないか？」

玲琳の蟲たちは、基本的に玲琳以外の命令など聞かない。ただ、この犬神だけは違っていた。

彼は人間から蟲に変えられた男で、人の感覚を強く残しているらしい。そして何故か、鍠牙とは変に気が合うのだ。恐ろしい力を持つ女に人生を左右された男——という共通項がそうさせるのだろうか？　はっきりは分からないが、この犬神が鍠牙にしばしば好意的なのは確かだった。

「どうやら姫は、これから蟲師たちと戦うつもりらしい。その時障害になるのは……毒の効かないあの男だ。姫はあの男を籠絡しようとしていたんだろうが、様子を見るに失敗したようだからな。たぶんこのままだと、姫はあの男に殺されるだろう。姫を守るためには、あの男と互角に戦える人間が必要だ」

真剣な顔で訴える。犬神はじっと話を聞いている。

「俺のしようとしていることを知れば、姫は反対するだろう。彼女は大切な人間が傷つくのを良しとしない。俺と違って情が深いからな」

鍠牙は皮肉っぽく口元を歪めた。

「だから、姫には知られずここへ連れてきてほしい。あの男に太刀打ちできる人間を——」

その声に応じ、犬神はしゅたんと床に降り立った。

「頼まれてくれるか？　ありがとう。すぐに向かってくれ。安心しろ、姫の怒りは全部俺が受け止める」

　鍠牙がそう誓うと、犬神は足音もなく風のように部屋を出て行った。


「葉歌さん！　何やってるの！」

　魁の後宮で、占い師であり犬神の世話係である紅玉は叫んだ。

　怪我の治らない葉歌が、部屋を抜け出して廊下を歩いているところに遭遇したのである。

「紅玉さん……火琳様と炎玲様は今どこにいるんですか？」

　青い顔でそう聞いてくる葉歌はいつもと雰囲気が違っていた。

「あなたが犬神に乗せて送り出したんですよね？」

　この女が何者であるか、紅玉はよく知っている。あるいは本人以上に知っているかもしれない。紅玉はこの女を占ったことがあり、どのように生まれ育ったかをつぶさに覗いたのだから。怪物のくせに、頭の悪い醜聞好きな女官の顔を平気でできる本物の怪物。怒らせたら自分の首など一瞬で刎ね飛ばされるのだろう。

「それが必要だと思ったからね」

「どうしてです？」

「……あの二人が行かないと、死ぬ人がいるからよ」

苦々しげに言う紅玉に、葉歌は表情を強張らせた。

「まさか……お妃様か王様が……？」

「それをここであんたに言っても仕方がない。見える過去は一つでも、未来は行動を変えれば変化する。私の言葉一つで先は変わるかもしれないし、不用意なことは言えない」

それが紅玉の占いの本質だ。しかし葉歌は納得しない。

「……彩蘭様の助力を乞うよう言ったというのは本当ですか？」

「あんた、怪我して寝込んでたくせに耳聡い(みみざと)ね」

紅玉は苦笑いした。

「言ったよ。でも、あんたに説明しても意味がないって言ってるでしょ。私は私の手が届く最良の未来に手を伸ばすだけだよ」

あの時双子の未来を見た。そして、犬神の未来を見た。それどころか王宮中の人間の未来を手当たり次第に見てぶっ倒れたのだ。

紅玉が見るのはあらゆる未来。そう……選びうる全ての未来を見ることができる。見えすぎて処理しきれないほどの情報量だ。以前この力で紅玉は双子を救った。そして今回も、覗いた未来の中で最良たりえるものを紅玉は選んだのだ。あのまま進んだ先にある未来を、受け入れがたいと思ったからだ。

「お妃様は私に全然占いをさせないのよ。あの人は……自分の力で掴む未来以外に興味がないんだろうね。だけど、私はそれ以上の未来を見ることができる」

　そこで紅玉は荒く息を吐いた。

「言っとくけど、私は王族なんてものは大嫌いなんだよ。生まれたときから恵まれてて、何一つ不自由してないくせに、私らみたいな溝鼠（どぶねずみ）を骨の髄までしゃぶろうとするんだ。だけどあの人があんまり私の占いを必要としないから……だから私は勝手にこんなことしちゃったんじゃないか。迷惑なお妃様だよ」

「あなたが何を言ってるのか分かりません。でも……あなたがお妃様の力になりたかったんだってことは分かりました」

「そんな純粋な動機じゃない」

　ぱぱっと手を振って話を打ち切ろうとする。けれど葉歌は真剣な顔で詰め寄り、紅玉の手を握ってきた。

「私はこれからお妃様と王様を助けに行きます。私でなければ太刀打ちできない敵がいるんです。火琳様と炎玲様ではとても無理だわ。紅玉さん、私がみんなを救う未来を見てください。お妃様と王様は今どこにいるんですか？　私はみんなを助けるのに間に合いますか？　その未来を得るために、何が必要ですか？」

紅玉は乱暴に葉歌の手を振り払った。

「あんたの未来は出会った頃に一度見た。だからもう見ないよ、見なくたって分かるからね。怪我も治ってない人間に、何ができるのさ」

「じゃあ誰が皆さんを助けるっていうんです？　私より強い人間がこの国にいますか？　紅玉さん、あなたは私が何者か知ってるんですよね？」

「知ってるよ。知ってて言ってる。あんたには何もできない。だってあんた、立ってるだけで苦しそうじゃないの」

葉歌は平静を装って話しているが、顔色は悪く酷い脂汗だ。

「ほんと……未来なんか見えたってろくなことない。こんな力いらなかったよ。捨てられるもんなら今すぐ捨ててやる。だけど……今だけはこの力があってよかったかもしれないね。安心しなよ、私はもう未来を見た。最良の未来をちゃんと選んだ。だからあんたが何かをする必要はないのよ」

あらゆる過去とあらゆる未来を見る占い師――その顔を崩さず紅玉は断言した。

精神に作用する蠱術はあまり使い慣れない。

玲琳は大量の薬草と道具に囲まれて胡坐をかきながら唸った。

榮覇の弟を傀儡にする術……意識をきちんと保ったまま、他の蠱師の影響を二度と受けないよう支配する。それも、死ぬまでずっとだ。精神操作の蠱術を永続的に使うことは困難で、惚れ薬なども大抵はすぐに効き目が切れてしまう。死ぬまで支配しようと思えば、相当に強力な術が必要だった。

玲琳は神殿の一室にこもり、新しい蠱を生み出すべく力を注いだ。甕の中に入れるのは、無数の毒蟲。それらを喰らい合わせて最も強いモノを作り出す。

いつもなら玲琳がこういう風にこもりきりで蠱術を扱っていると、鍠牙や葉歌がなにくれとなく世話を焼くのだが、今はどちらも負傷していて、代わりに双子が玲琳のもとへ水や食事を運んできた。

「ねえお母様、お仕事が終わってもお父様が治るまでここにいるの？」

「みんながしんぱいしちゃうよ。だいじょうぶだよって、しらせなくっちゃ」

蠱に喰わせる鉱物を叩き潰していた玲琳の横にしゃがみ、二人はそんなことを言う。どうやら子供たちは玲琳が敵に勝利することを全く疑っていないらしく、合流した後は少しも不安な顔を見せない。もはや玲琳が負けるとは……ましてや死ぬなどとは、微塵も思っていないのだ。

自分が死んだらこの子たちはどうなるだろうか……玲琳はここへきて初めてそのこ

とを現実的に想像した。

骸は――あの男は――玲琳を容易く殺し得る。ゆえに玲琳はあの男を籠絡しようとしていたが、今はそれも不可能だと分かってしまった。ならば、依頼など放り投げて今すぐ魁へ逃げ帰るべきなのだ。だが、それをしてしまえば蠱師としての自分は死んでしまうだろう。だから、玲琳はここに留まり、蠱術に力を注いでいる。

蠱師はあの男を殺せない。あの男は蠱の天敵だ。それでも、あの男に勝つとしたら……それもやはり蠱の力なのだ。

玲琳の脳裏に金色の羽をもつ鶏蠱の姿が浮かぶ。天敵を全く恐れず肩にとまるあの美しい蠱。

「まあおとなしく待っていなさい。私がどれほどの蠱師か、お前たちにも見せてあげるわ」

いつも通り余裕の笑みを浮かべてみせる。怯える姿も、負け顔も、死にざまも、この子たちには見せるものか。誰より強い蠱師であり続けることこそ、玲琳が子供たちに注ぐ愛の形なのだから。


玲琳が一匹の毒百足を生み出したのは、それから三日後の夜だった。

「王宮へ行ってくるわ」

　玲琳は身支度を整えて、いまだに床に臥している鍠牙に告げた。傍では双子が興奮したように目を輝かせている。

「私たちも連れていって、お母様」

「僕もいきたいです」

「ダメよ、お前たちは邪魔になるわ」

　玲琳は双子の要求をきっぱりと突っぱねた。その言い方があまりに厳しかったので、子供たちはたちまちしゅんとする。

「お母様はお仕事だ。仕方ないからここで待っていような」

　鍠牙が横たわったまま優しく子供たちを慰める。

　玲琳は不信感を込めて鍠牙を見下ろした。

「もちろんお前もここでおとなしくしているのでしょうね？」

「うん？　もちろん一緒に行くが、何か問題があるか？」

　鍠牙はきょとんとあどけない顔で聞き返してきた。怪我した場所を思いきり殴ってやろうかと玲琳は思った。

「怪我した場所を思いきり殴ってあげましょうか？」

　そしてうっかり言葉に出た。蠱師にあるまじき脅し文句だ。

「お前はこの子たち以上の邪魔者よ。怪我人はおとなしく寝ておいで。火琳、炎玲、お前たちに役目を与えるわ。この愚か者が動かないよう見張っていなさい。勝手なことをしようとしたら、雷真と風刃を呼んで寝台に縛り付けてしまうといいわ」

厳しい声で突然の役目を与えられた双子は、ぱあっと顔を輝かせた。

「分かったわ！　私たち、お父様を絶対逃がさないから！」

「うん、僕たちにまかせて！」

握りこぶしで宣言する双子に大きく頷き、玲琳は鍠牙に顔を寄せる。

「もちろん、子供たちを悲しませたり騙したりするような真似(まね)はしないわね？」

「……相変わらず卑怯だな、姫」

苦々しく言う鍠牙の頬を軽く撫でると、玲琳は子供たちの応援の声を受けながら部屋を出て行った。

部屋の外には榮覇が待っていた。

「それじゃあ行くか」

「ええ、お前の弟を呪いにね」

そう言葉を交わし、二人は同時に歩き出す。

榮覇の先導に従って、玲琳は神殿の地下へ下りた。

そこには洞穴のような地下通路があり、暗く長く遠くまで続いていた。

そこに護衛と思しき兵士が十人ほど待っていた。

「この通路は王宮まで続いてる。ここから行くぜ、正面から乗り込んで門を開けてもらえなかったらだせえしな。馬鹿親父が神殿の巫女を側室にしてからは王宮と神殿の関係が悪くなって、こっちの入り口は塞がれてたみたいだけど……あんたが毒だか蟲だかを作ってる間に掘り返しておいた」

なるほど、急いで掘ったらしく、瓦礫や土塊がまだずいぶんと残っている。

「歩いてどのくらいかしら？」

「どのくらいだ？」

玲琳の問いを受けて榮覇は兵士たちに聞いた。

「真っ直ぐに通じていますので、そこまではかからないかと。一刻もあれば……」

「そう、人を待たせているわけでもないし、ゆっくり歩いていきましょう」

玲琳は兵士の持つ手燭の明かりを頼りに歩き出した。

前と後ろを兵士に守られ、暗い地下通路を進む。

「こうしてると、あんたを攫った時のことを思い出すよなー……」

しばらく行くと、榮覇は突然そんなことを言い出した。

ぎょっとした顔で兵士たちが振り返った。

「何てこと思い出してるんですか、やめてくださいよ」

「あなたのそういう勝手な行動に、こっちがどれだけ苦労してるか……」

「俺たちじゃなかったら、とっくに見限ってますからね」

主に対して口々にぼやく。

「うるせえな、お前ら不敬だぞ」

榮覇は目の前の兵士の尻を蹴った。

「は？　そういうことは敬うに値する行動をとってから言ってくださいよ」

「いやほんと、こんな人が国王になんてなれるんですかね。今からでも考え直した方がいいんじゃないですか？」

「俺だってなりたかねえわ！　他にいねえんだからしょうがねえだろが！」

「はいはい、しょーがないですね。即位したら今みたいにふらふら遊んだりできないですよ。お妃選びとか、ちゃんと考えとかないと」

そうだそうだと、兵士たちは歩きながら詰め寄った。

「だからここに立派な嫁候補がいるだろうが」

榮覇は偉そうに言いながら玲琳の肩を抱く。

「婚礼は盛大に執り行うから安心しろよ」

「お前も諦めないわね」

玲琳はぺいっと彼の手をはたき落とす。

「怪我して寝込んでいる男に斬り殺されたくなかったら、おかしな妄想など抱かないことよ」

肩をすくめて脅すと、兵士たちはたちまち吠える。

「そうですよ！　春華(しゅんか)さんにしときゃいんですよ、春華さんに」

「もう何度も振られてますけどね、あなた諦め悪いから大丈夫、大丈夫」

「だいたい、あなたの求婚は冗談にしか聞こえないんですよ」

「そうそう、だから春華さんにも本気にされないんですよ」

「先月だって、ゴミを見るような冷たい目で『くだらない冗談言ってないで、さっさとお嫁さんを見つけてください』とか言われてましたしね」

「マジかよ、だせーな」

兵士たちはげらげらと笑い合う。

「おーまーえーらー……不敬罪で全員磔(はりつけ)にすんぞ！」

「いや、俺らいなくなったら一番困るのあなたでしょーが」

「そうですよ、俺らをもっと大事にしてくださいよ」

「してるわボケ！　ここまでついてきてくれてありがとよ！」

その怒声に兵士たちはまた笑う。

玲琳も思わずつられて笑った。

「大丈夫よ、そんなに怖がらなくても私はしくじったりしないから。こんなことはすぐに終わるわ。安心してついてくるといい」

恐怖を紛らわすような彼らの軽口に、励ましの言葉をかける。

虚勢も多分にまじっていたが、残りの全ては覚悟だった。

兵士たちはたちまち黙り込み――

「榮覇様、やっぱりこの方をお妃に迎えましょう。あなたみたいな無茶野郎にはこういう頼もしい方が必要ですよ」

またそう軽口を叩いた。


玲琳たちが出立したと聞き、鍠牙は寝台から起き上がった。

「お父様！　何やってるのよ！」

「ねてなくちゃダメですよ！」

双子は慌てて父に取りすがる。

「大丈夫だ、もう痛みはないよ。お父様は、やっぱりお母様を放ってはおけないんだ。お母様を助けに行ってくる。ここで待っててくれないか？」

鍠牙は双子の目の前にしゃがみ、真摯に訴える。

「ダメ！　絶対ダメ！　お母様がダメって言ったもの！」

　火琳は全く譲らない。

「僕、雷真と風刃をよんでくる！」

　炎玲がそう言って部屋を出て行こうとすると、扉のない部屋の入り口から一人の少年が入ってきた。鍠牙が誑かしてここまで連れてきた蠱師一族の奴隷、由蟻だった。

　由蟻は手に持っていた服を鍠牙に投げた。

「言われた通りあんたの部下たちに眠り薬を飲ませたよ。一人には効かなかったから殴って気絶させた。ごめん」

　その言葉に子供たちは愕然とする。

「そうか、お前は強いんだな」

　鍠牙はにこっと笑って少年を褒めた。由蟻はふいっと目を逸らして俯いた。

「別に……骸ほど強くないし、あんたの部下も不意をついたから倒せただけだし、毒の耐性だってあんまりないし……俺なんか役立たずの奴隷だよ」

「そんなことはない。お前がいなかったら俺たちは死んでいたよ」

　鍠牙は迷わず即答する。毒が効かなかった部下というのはおそらく雷真のことで、顔のよく似た由蟻の又従兄（またいとこ）である。

「俺はこれから妃の後を追う。この子たちをここで守っていてくれるか？」

「ああ、いいよ。だけどあんた……死なないでよ」

「大丈夫だ、ちゃんと戻ってくるから心配するな」

鍠牙は立ち上がり、由蟻の肩をぽんと叩いた。

「お父様！」

火琳と炎玲が同時に叫んだ。

「火琳、炎玲、お母様はとても強い蠱師だけど、何でもできるわけじゃない。できないことだってあるんだ。お母様が戦おうとしている相手はとても強くて、お母様だって危ないかもしれないんだよ」

鍠牙は優しく言い聞かせる。双子は思いもよらぬことを言われて真顔になった。

「お母様は何でも自分で解決したがるけど、人にはできないことがあって当たり前なんだ。だけど、できないことを怖がる必要はない。困ったり迷ったりした時は、周りの人たちに頼ればいい。助けてくれる人は必ずいる。今はお父様が、お母様を助けに行く番なんだよ」

子供たちはどう答えたらいいのか分からないように立ち尽くしている。

鍠牙は受け取った服に着替えると、子供たちの頭を撫でた。

「由蟻、この子たちを頼む」

「ああ、地下通路の入り口は向こうの突き当たりだよ」

由蟻は東の方を指さした。

鎗牙は彼に礼を言うと、部屋を出ていく。

後ろから子供たちが追いかけようとするのを、由蟻が止めるのが聞こえた。

鎗牙は足早に歩き、言われた通り突き当たりの地下通路へ下りる。

真っ暗闇の地下通路の先に、小さな手燭の明かりがゆらめいているのが見える。ずいぶん先を、玲琳たちが歩いているのだ。気づかれないようその距離を保ったまま鎗牙は地下通路を歩き始めた。

痛みが波のように襲い来るが、それをすべて無視してひたすら後を追う。

彼女はこれから起こるであろう惨劇に気づいているだろうか？

おそらく気づいていないだろう。気づいたのは自分だけだ。

鎗牙は自分が壊れていることを知っている。だから……同じように壊れた人間のことが分かってしまうのだ。

そもそも玲琳の性格からして、知ったとしても止まりはするまい。惨劇の中へ躊躇いなく飛び込んでゆくだろう。鎗牙にそれを止める力はない。

この国がどうなろうと構わないが、彼女だけは守らなければ……そうしなければあの子たちが泣いてしまう。

それだけを思い、鎗牙はひたすら歩き続けた。

一刻ほど歩き、玲琳たちはようやく目的地へたどり着いた。

「この扉の向こうは王宮の地下室です」

兵士が言った。

そっと扉を押し開け、辺りを窺いながら全員で地下通路から出る。周りには誰もおらず、しんと静まり返った廊下があるだけだ。

「あとは榮丹の部屋まで行くだけだ。堂々と行こうぜ」

榮覇は言葉と裏腹に声を低めてひそひそと言う。

兵士たちは力強く頷いた。

「おっしゃる通り、あなたの家なんだから堂々としててください」

「俺たち全員、最後までお供しますからね」

「腹括りましょうや、死なばもろともですよ」

「いや、人の妻を勝手に死出の道連れにしないでくれるか？」

突然背後からかけられた声に、全員が度肝を抜かれて振り返る。

中でも最も驚いたのは玲琳だろう。同時に、一番早く納得したのも玲琳だった。

「鍠牙！　お前どうしてここへ……」

玲琳が叫びかけると、鍠牙は大きな手で玲琳の口を塞いだ。

「お静かに、姫」

戯(おど)けた物言いをする鍠牙の向(む)こう脛(ずね)を蹴り、玲琳は彼を睨んだ。

「死にたいの？」

「まさか。あなたと二人で国へ帰るために来たんじゃないか」

その快活な笑みの嘘くささを見抜けるのは玲琳だけだろう。兵士たちはただただ驚いている。いや、妻を想う王の行動に感心していたのかもしれない。

「……今更戻れと言っても聞かないのでしょうね」

たぶん蟲を使って痛めつけてもおとなしくはしていないだろう。この男は時折馬鹿みたいに痛みを無視して行動する。

玲琳は彼を置き去りにすることを早々に諦めた。

「いいわ、ついておいで」

「仰せのままに」

鍠牙は胸に手を当ててふざけた礼をした。

「おい、無理すんなよ、鍠牙」

榮覇が心配そうな仏頂面で言った。

「恋敵を心配するとは余裕だな。ところで……わざわざ榮丹殿の部屋まで行く必要はあるのか？　姫、ここから呪うことはできないのか？　あなたは榮丹殿の血を舐めたことがあるだろう？　そういう相手なら遠くからでも呪えるんじゃないのか？」

鍠牙が突然そんなことを言い出したので、玲琳は思わず眉間にしわを寄せた。

「私は精神操作の蠱術に慣れてないの。すぐ傍で……いいえ、相手に触れながら使いたいわ。直接口移しで蠱を飲ませたい」

玲琳の答えを聞いた鍠牙と榮覇は、同時に「え？」と変な声を出した。

玲琳が口移しで蠱を飲ませるのは日常茶飯事で鍠牙は見慣れているはずだが、事前に宣言されたことで少し驚いたようだった。

「そんなことしないといけないのか……ぞっとしねえな」

榮覇が不愉快そうに顔をしかめ、唸るように言う。

「いつものことよ。行きましょう、案内して」

玲琳はひらりと手を振って促した。

榮覇は唸りながらとぼとぼと歩き出す。仮にも王位簒奪のために弟を呪おうというのだから、少しは警戒心や緊張感というものを維持してほしい。

一行が堂々と廊下を歩いてゆくと、すれ違う衛士たちが驚きと戸惑いを見せた。

家出した第二王子が、兵を連れていきなりどこからともなく現れたのである。咎めることも平伏すこともできず、彼らはただただ困惑していた。

そんな困惑の波をかき分け、一行は進んでゆく。

「……榮丹は……真面目で良いヤツだったんだけどな……」

廊下を歩きながら、榮覇はぽつりと言った。しかしすぐに額を押さえて首を振る。

「ああ……悪い、こんなこと言うつもりじゃなかった。忘れてくれ」

これからその榮丹を呪おうという玲琳の気持ちを慮ったらしかったが、弟の話を聞いたところで玲琳の中に迷いが生じることはなかった。

依頼主が望むのなら迷わず呪う——それが蠱師というものだ。もっとも、そこに色恋が絡むと、からきしダメになってしまうのが己の欠点であることは分かっていたが
……。

「榮丹の部屋はもうすぐだ」

榮覇は迷いを振り切るように先の部屋を指した。静かな夜の王宮の中、その扉は待ち構えている。

榮覇は静かにその部屋の戸を開けた。

「何で見張りがいないんだ……？」

怪訝な声で呟き、部屋の中を見回す。薄明かりの灯る部屋の奥に、天蓋のついた寝台がある。

立ち止まってしまった榮覇の代わりに、玲琳が寝台へ近づいた。天蓋の布をめくり、

そこに横たわるはずの男に呪いをかけようと見下ろし——しかしすぐさまその場を飛びのいた。

　無人の寝台から巨大な蛇が襲い掛かってきた。

　玲琳がその牙を躱すと、蛇は床に落ちてずるずると巨体を引きずり、部屋の端へと這ってゆく。その先を目で追い、玲琳はにたりと笑った。

「わざわざ私を待っていたの？　白亜」

　そこに立っていたのは、少し前まで玲琳と鍠牙を捕らえていた蠱師一族の族長——飛国随一の蠱師、白亜だった。玲琳たちを待ち構えていたのだ。

　白亜は歪んだ笑みを返し、薄い唇を開いた。

「この王宮には私の蠱を見張りに放っているからな、お前たちが地下通路を通ってここへ近づいているのはすぐに分かった。だが正直……お前は国へ逃げ帰ると思っていたよ。あれだけの目に遭わされたんだからな」

「頭の中に花が湧くほどおめでたいわね。私がお前たちから受けた屈辱を水に流すとでも思ったの？　あれだけの目に遭わされたというのに」

　玲琳の挑発に、白亜の頰が引きつる。玲琳は構わず問いかける。

「それで？　榮覇の弟はどこにやったの？」

「やはりそれが目的か……。榮丹様は他の部屋に避難していただいた。あれは大事な大事な傀儡だからな」

「そう……それならお前を跪かせた後で捜すことにするわ」

「できると思うか？」

「できないと思うの？」

玲琳は余裕の笑みを少しも崩さず、胸中の高揚感に身を任せた。一方白亜はもはや笑みを浮かべるどころではなく、わなわなと拳を震わせている。

「お前は……やはり胡蝶の娘だな。本当に忌々しい！　お前が私を跪かせるだと？　そんなことができるものか！　胡蝶の娘などに、あんな女に、私が膝を折るなどあってたまるか！」

血走った目で叫ぶ。

この女は本当に、ほんの少しも玲琳を見てはいないのだ。玲琳の向こう側に憎い女の姿を見ている。

嫉妬……羨望……憧憬……愛とどれだけ違いがあるのか分からないほどの激情だ。

「やれば分かるわ。分かった時、お前は地に伏している」

玲琳はとどめの挑発をする。

この女が優れた蠱師であることを玲琳は疑っていなかった。飛国の蠱師一族の族長は、悍ましいほどに強い。

だが、それでも玲琳はこの女に負けるつもりなど毛頭ないのだ。蟲毒の里の次代の里長の名にかけて、この女に屈することはできない。

「ずいぶんな挑発ぶりだな。俺を前にしても同じことが言えるのか？」

突如背後からそういわれ、玲琳は驚いて振り返った。

玲琳と鍠牙の後ろに、いつの間にか二刀流の剣士が立っていた。その肩には黄金の鶏蠱がとまり、空気を輝かせている。玲琳は一瞬自分が切り捨てられる場面を想像し、全身が粟立ったが、骸は玲琳と鍠牙を通り過ぎて白亜の傍へと歩いて行った。

「遅かったな、骸。さあ……胡蝶の娘……これでもうお前は絶体絶命だ。私たちにどうやって勝つというんだ？」

白亜は己の勝利を確信し、にたりと笑った。

「もちろん私は蠱師なのだから、蠱術を使って勝つのよ」

玲琳はそう答え、彼らを見据える。

たしかに骸は強い。蠱師の天敵だ。だが——骸を喰らうことができる蠱は、一体だけ存在する。

天敵を恐れずその肩にとまる鶏蠱なら——！

玲琳は指先を噛み切り、血の滴る手で鶏蠱を指さした。

「ムグラ……私の声を聞きなさい。あなたの肉を支配するこの声を……」

「胡蝶の娘……お前、私からムグラを奪うつもりか!?」

白亜が驚きと怒りを持って叫んだ。

骸を倒す唯一の方法——それはムグラに彼を喰わせること。そしてその鶏蠱は、玲琳の血を浴びるほど飲んでいる。蠱師の血を飲むということは、その蠱師の支配を受け入れるということだ。なのに白亜は玲琳の血を鶏蠱に飲ませた。玲琳のことを、彼らは侮りすぎていた。

「私の血とお前の血、どちらが強いかその目で見てみるといいわ。ムグラ、この血がほしければここへ来なさい!」

その声を聞き、鶏蠱は突然翼を広げた。羽ばたこうと翼を動かし——

「ムグラ、動くな」

しかし鶏蠱は低い男の声に命じられ、翼を畳んだ。骸が肩にとまる鶏蠱の足を摑んでいる。鶏蠱は困ったように喉の奥をクルクルと鳴らした。

「はっ、よくやった、骸。本当にムグラはお前に懐いているな、絶対に放すなよ。さあ……胡蝶の娘、ムグラはお前のものになど……」

攻撃的な笑みと共に吐き出された白亜の言葉は、そこでぶつりと途切れた。白亜は呆然と動きを止め、ゆっくり自分の体を見下ろした。

玲琳も突然のことに驚愕して凍り付いた。

彼女の腹から血まみれの刃が生えている。

背中から剣を突き刺され、それが体を貫通し、腹から切っ先が飛び出しているのだ。

その剣を握っているのは骸だった。

骸が、忠誠を誓ったはずの主を刺したのだ。

「骸……お前、何を……」

白亜は振り返りながら頽れた。剣が引き抜かれると、傷口から鮮血が溢れ出す。

そんな主を、骸は凍てつくような目で見下ろしている。

「何？　そうだな……胡蝶の娘の前で死ぬ無様を味わわせてやろうと思っただけだ」

「骸……！　私を裏切るのか!?」

血を吐きながら白亜は叫んだ。

その光景を目の当たりにして、玲琳の鼓動はばくんばくんと痛いほどに大きくなった。今、とてもまずいことが起きている――それがはっきり分かった。

「昨日……名前の意味を初めて知った。どうして名を呼ばれるとこいつは言うことを聞くのか知りたくて、調べたんだ。葎とムグラ……これは同じ植物の名だったんだな。名は、人を、蟲を、縛るものだ。ムグラを俺にとられないよう縛ったのか？　白亜、お前……葎をムグラに喰わせたんだな」

その言葉に白亜は血走った眼を見開く。

「お前……葎を覚えているのか？」

「ああ、覚えてるさ」

淡々としたその答えに、白亜の表情は絶望へと変わった。

骸はゆっくりと玲琳を振り向いた。

「俺が胡蝶に何をされたか、聞きたがってたな……胡蝶の娘」

玲琳はとっさに答えられなかった。喉がきつく閉まっていて、声が出ない。

彼が胡蝶に何をされたのか……母がこの男に何をしたのか……

「……お母様は、お前の腹をえぐったのね？」

玲琳が記憶を取り戻させてやろうと持ちかけた時、骸は腹をえぐられてたまるかと拒んだのだ。その言葉が意味することを、玲琳はもう理解している。

「お母様は、お前の封じられた記憶を呼び覚ました……お前を助けたはずの蟲師一族が、お前の伯父一家を殺害した犯人だと思い出させた……お前はずっと前から、記憶を取り戻していたのでしょう？」

だとすれば、この男を籠絡することはできない。初めから取り戻している記憶を餌にこの男を落とすことなど、できるわけがない。いくら誘いかけようとも、この男が揺らぐはずはなかったのだ。この男は、記憶を封じられてなどいないのだから——

玲琳の問いかけに、骸はほんの少し目を見開き……かすかに笑った。

「ああ……胡蝶は俺の記憶を無理矢理呼び覚ました。俺が……俺がこの手で伯父一家を殺したことを、思い出させたんだ」

「何だお前、こいつらの奴隷か？」

その女に出会ったのは十四年前——骸が十五の頃だった。

白亜の母である先代の族長と、白亜の姉たちと共に、骸は斎と飛の国境を越えた。

斎帝国と小競り合いをしていた飛国の領主から、敵の領主一族を毒殺するよう依頼されたのだ。

そこで骸はその女に出会った。

毒で死にかけていた領主一族を助けるため、皇帝により送り込まれた蠱師だった。

胡蝶——と、女はそう名乗った。

床には毒の効果を見るために忍び込んだ蠱師たちが倒れていた。胡蝶は叩きのめした敵を見下ろし、鼻で笑った。

悪鬼——主である蠱師たちが、この女をそう呼んでいたことを思い出す。

「残念だったな、依頼を果たせなくて。ここの領主はあの馬鹿のオトモダチで、どうか助けてやってくれとあの馬鹿がめそめそ泣いてすがってきたんでな。私はその頼みを聞いただけだ。文句はあの馬鹿に言うといい」

「馬鹿って……誰だよ」

骸は恐怖に呑まれ、相手の気を逸らすかのように聞いていた。

「私を側室にした馬鹿男のことだ。この国で皇帝なんてものをやってる。あれは馬鹿のやる仕事なんだろうよ」

馬鹿という単語を連発しながら悪鬼はひらりと手を振った。

「面倒だから放っておきたかったが、放っておくと馬鹿がめそそめそめそしつこく泣いてすがってくるからな、余計面倒だ。いつもは美女を侍らせて飲んだくれて、会いにも来ないくせに、不安な時だけ泣いてすがってくるのさ」

吐き捨てるように愚痴を言う。

「で？　お前はこいつらの奴隷なんだろう？　記憶を封じられていいように使われているのか？　そこにお前の意思はあるのか？　ないというならお前は木偶人形だな。記憶もなくし、心もなくした、生きる価値もない人形だ」

胡蝶の鋭い目が真っ向から骸を射貫いた。蠱術が効かないよう何年も訓練されてきたはずなのに、その眼差しだけで呪い殺されるような気がした。

「記憶を封じられてなんか……育ての親に虐待されて記憶をなくしただけだ」

どうにかそう言い返す。

「ああ、奴らのいつもの手だ。才のあるガキを拾って、記憶を封じて、心を壊して、騙して、奴隷にする。まあ、私の故郷でも似たようなことをしているがな。蠱毒の里のそれは、裏切り者の蠱師を殺すための戦士だ。蠱師の奴隷でしかないお前たちとは格が違うのさ。あれはお前たちよりよほど悍ましいよ」

悪鬼はにたりと笑った。

骸は恐怖に耐えきれず彼女に剣を向けた。

「はは！　私を殺すのか？　何故だ？　こいつらの命令か？　お前は何故こいつらの命令に従う？　お前はこいつらに何をされたか、自分が何者なのか、知りたくはないのか？　私を殺せば永久に分からなくなるぞ？　木偶人形め！」

胡蝶は怯えもせずに近づいてくる。骸は剣を向けたまま下がる。胡蝶はますます近づいてくる。剣を手で押しのけ、骸の腹に手を触れる。

「お前の中には記憶を封じる蠱が潜んでる。お前が毒の耐性を得る前に産み付けられた蠱だ。この腹をえぐって、その蠱を追い出してやろう。その奥に何があるのか見せてやろう。お前が何者で、何をされて、何をしたのか、私が思い出させてやろう」

強烈な力のこもるその目に抗う術を、十五の骸は持っていなかった。

胡蝶の腕がずぶりと骸の腹に沈んだ。骸は激痛に悲鳴を上げて頽れる。胡蝶は骸にのしかかり、叫ぶ骸の腹をえぐり、その奥底にあるものを引きずり出した。

絶え間ない激痛の中、様々な光景が頭の中に蘇る。

自分が何者で、何をされて、何をしたのか……一つずつ、思い出してゆく。

幼い頃、親が戦で死んだこと。

そのあと伯父夫婦に引き取られたこと。

伯父夫婦は優しく骸を迎え入れ、自分の子と同じく大切に育ててくれたこと。

四人の従兄たちは本当の兄弟みたいに骸を可愛がってくれたこと。

唯一の従妹だった葎が許嫁になったこと。

戦もなく、飢えることもなく、殴られることもなく、ただ優しくされて、満ち足りていて、彼らに愛され、彼らを愛し、何より大切な宝物だと思っていたこと。

剣の才を見出され、街の道場でずいぶんと有名になったこと。

いつか立派な軍人になって家族を守るのだと誓ったこと。

そんなある日、蠱師たちが現れたこと。

変な薬を飲まされて、蠱師たちの命令のままに家族を殺したこと。

けれど葎だけは殺せなかったこと。

混乱のまま蠱師たちに襲いかかり、返り討ちにあって瀕死の重傷を負ったこと。

そして気味の悪い蟲を腹に産み付けられたこと。

「思い出したか？」

痛みが失せて呆然と仰向けになっていた骸の顔を、胡蝶が覗き込んだ。

「心を操って、家族を殺させて、記憶を封じて、心を壊して、奴隷にする。奴らのいつもの手だと言っただろ？　家族を殺した痛みと恐怖を利用して、奴らは奴隷の心を壊すのさ。心を壊せば精神操作の術は格段に効きやすくなる」

胡蝶の説明は骸の頭に染み込み、ぐるぐると回って吐き気をもよおさせた。

胡蝶は更に続ける。骸を追い込もうとするかのように……

「さあ……お前はこれでも私を殺すのか？　まあ、それでも殺すというなら好きにしろ。残念ながら私はそろそろ寿命だ。もう長く生きられないことは分かってる。持てるものは全て娘に与えたから、殺したければ殺すといい」

骸はふらりと起き上がった。胡蝶は逃げる素振りすら見せなかった。

この女は骸が剣を突き立てても逃げないのだろうと思った。この悪鬼は……恐怖心など持っていないに違いない。

骸は剣をきつく握り、ゆっくり大きく振りかぶった。その剣を振り下ろし——骸は剣の切っ先を、胡蝶の目の前で気を失っている蠱師に突き立てた。

胡蝶の目が驚きに見開かれた。初めて人間のような顔を見せたなと骸はぼんやり思いながら、蠱師を次々剣で貫き、一人一人息の根を止めてゆく。

恩人と信じて仕えてきた族長と、その娘たちを――

全員を刻み終えると、黙って見ていた胡蝶が口を開いた。

「そんなに憎かったか？　愛する家族を殺されて」

「……思い出せない」

骸はぽつりと呟いた。

「何が？　記憶が戻りきっていないのか？」

「……愛されたことは覚えてるのに……愛していた記憶はあるのに……人を愛するのがどんな気持ちだったか思い出せない」

記憶は全て戻っているのに、そこには全く感情が伴っていなかった。

たった三年前のことだ。あんなに愛していたはずなのに……

血に濡れた手を震わせている骸に、胡蝶は小さな嘆息をまぜて言う。

「封じられた記憶は戻せても、壊れた心は戻らない。お前のなくした愛情は、もう戻らないよ。諦めろ」

「……葎は……？」

「ん？」

「俺は葎を殺してない。葎はまだ生きてるはずだ。どこにいるんだ!?」

胸をかきむしるようにして叫んでいた。

「さあ、知らないな。葎とは誰だ？　家族の生き残りか何かか？　だとしたら、お前が殺した蠱師たちは知っていただろうが……」

「……葎を捜す」

「捜してどうする？」

「葎が見つかれば……あの子に会えば……思い出すはずだ」

人を愛する気持ちがどんなものだったか——きっと思い出すはずだ。

何より大切だった家族のたった一人の生き残り、生涯守ると決めた大事な大事な女の子。あの子を見つければきっと思い出せるはずだ。

「あの子を見つけて、全部思い出したら……あいつらを皆殺しにしてやる」

骸は唸るように呟いた。

家族を奪って、記憶を奪って、心を奪って、骸の人生の全てを奪ったあの女たちを、一人残らず殺す。

そうしなければ、自分は許されない。許されない……？　誰に？　死んだ家族に？　愛した気持ちも思い出せないのに？

矛盾が胸を引き裂いて、頭の中をぐちゃぐちゃに掻きまわす。愛はないのに、殺した時の罪悪感は覚えている。罪を償う方法が、他に思いつかない。

全部あの女たちが……蠱師という化け物たちがやったのだ。

「……そうか、好きにしろ。お前の思うようにしろ」

胡蝶はそう言って骸に背を向けた。

「もう二度と会うことはないだろうな。いつか私の娘がお前に会うことがあるかもしれないが……その時は可愛がってやってくれ。私の血を引く私より優れた蠱師だ」

ひらりと手を振り、悪鬼はその場を立ち去った。

それが悪鬼と会った最初で最後の時だった。

「胡蝶は蠱師たちのやり口を全部分かってて、俺の記憶を戻した。俺が家族を殺したことを、無理矢理思い出させたんだ。あの女は本物の悪鬼だ」

骸はそう言うと、血を吐きながら苦しんでいる白亜を見下ろした。

「お前たちが俺に何をしたか、俺に何をさせたのか、俺は全部覚えてるぞ。何度もお前たちを殺してやりたいと思ったよ。だけど、お前たちを殺したら葎の身に危険が及ぶかもしれないと思った。俺に蠱が仕込まれてたみたいに、葎にも何か仕込まれてたら？　お前たちの死で葎が道連れになるようなことがあったら？　だからお前たちに気づかれないよう、ずっと捜し続けてた。とっくに殺されてたなんて思いもしなかった。いや……生きてると信じていたかった。空しかったよ……もう愛してもいないあの子を十年以上捜し続けて……。それでも、あの子に再会できたら俺は元に戻れると思ってたんだ」

　そこで彼は地獄の底まで届くような深いため息をついた。

「……俺を壊して楽しかったか……？　俺はお前らの役に立ったか……？　記憶を取り戻す前、俺はお前らを信じてた。白亜、お前は怪我して記憶をなくした俺を看病してくれたな。その怪我を負わせたのがお前たちだと知りもせず、俺はお前らに感謝したんだ。奴隷として一生仕えてもいいと思うくらいにな。そんな俺を、お前たちはどう思っていたんだ？」

「骸……私だってお前を大事に思っていたんだ。だから……」

「じゃあ！　俺の心を元に戻してくれ。家族を大事だと思ってた頃に、当たり前に愛せてた頃に、戻してくれ！」

　骸は声を荒らげた。白亜は荒い息をしながら何も答えることができなかった。骸は空虚に息を吐き、だらりと腕の力を抜いた。

「お前には無理だ。葎がいないなら……お前らを生かしておく理由はもうない」

「骸……お前……」

「白亜、お前は俺がさっきまで何をやってたか……なんでここに遅れてきたのか……

何も分かってないんだな。なあ……一族の蠱師たちは、もうみんな死んでるぞ。俺が全員殺してきた。お前が最後だ」

言うと同時に骸は白亜の背に再び剣を突き立てた。白亜は血走った目を見開き——糸が切れたかのように床へ倒れた。その瞳は光を失い、白亜は肉塊となっていた。骸はだらりと力を抜いて、その肉塊を見下ろしていた。彼の瞳はすっかり生気を失っていた。精も根も尽き果てた抜け殻のように……

息を殺してその光景を見つめる玲琳の腕を、鍠牙が突然引いた。

「姫、逃げるぞ」

小さく告げると、彼はいきなり玲琳を担いで脱兎（だっと）のごとく部屋から逃げ出した。

「鍠牙!? 何をするの！」

彼の意図が分からず玲琳は叫んだ。

「下ろしなさい！ 傷に障るわ！」

しかし鍠牙は立ち止まらない。どれほどの痛みがあるのか想像もできないが、彼は怪我など構いもせず全力で王宮の廊下を走る。

「姫、あなたは気づいていないんだろ」

「何に!?」

「俺も壊れた人間だから、同じように壊れた人間のことはよく分かる。あの男は……

これからあなたを殺すぞ」

　言われて玲琳はぎょっとした。正直、生気を失った骸を見て、玲琳はもうこの男には何もできないと感じてしまったのだ。

「まさか……あんな抜け殻のような状態で？」

「抜け殻だからさ。中身を全部なくしてしまえば、埋めるために血を求める……蟲とはそういうものだろう？」

　鍠牙は苦々しげに言いながら走ってゆく。

「鍠牙……お前はもしかして、あの男が蟲師たちを殺すことに気が付いていた？」

「……ああ、初めて見た時から、あれは憎悪と殺意の塊だったよ。蟲師を憎んでるんだと思った。だから、早く逃げたかったんだ」

「そんなことは早く言いなさい！」

「言ったところであなたの行動は変わらなかっただろう？」

　言い返されて、玲琳はうぐっと黙る。

「とにかく逃げるぞ。ここにいたら殺される」

　鍠牙は王宮の正門へ向かって駆けてゆく。しかし玲琳は彼の服を引っ張ってその走りを止めようとした。

「いいえ、止まりなさい。逃げたところでどうにもならない。あの男が私を殺そうというのなら、倒さなければ私は生きられないわ」

「どうやって倒すつもりだ？」

「ムグラを使うわ」

「さっき失敗したじゃないか」

「最後にもう一度私の血を飲ませるわ。蠱師の血は千の人間に匹敵すると白亜は言っていたけれど、蠱毒の里の次代の里長の血は蠱師百人に勝るわよ。この血で支配できない蠱などいるものか」

玲琳は鍠牙の肩に担がれたまままきつく拳を握った。

「蠱師百人とは大きく出たな」

鍠牙がかすかに苦笑いの気配を発したところで、廊下の先に王宮の衛士がぞろぞろと現れた。

「止まれ！　何者だ！」

侵入者を捕らえようと、衛士たちは行く手を塞ぐ。榮覇を置いてきてしまった二人は、己の身分を証明する手立てが何もなかった。

「……まずいな、早く外へ出ないと……」

鍠牙はちっと舌打ちして、彼らに背を向け近くの階段を駆け上がった。

「待ちなさい、上に行けばいずれ行き止まりよ」

玲琳が忠告しても、鍠牙は迷わず石造りの狭い階段を駆け上がり、上って上ってとうとう最上階の扉を開けた。

そこはだだっ広い屋上だった。飛国の建物は王宮すら箱型で、平らな屋根は広々とした屋上になっていた。

「建物の中は狭すぎる。戦うなら広い場所が必要だろう？」

鍠牙は荒い息をつきながら玲琳を下ろした。

「……あの男と戦うための場所を用意してくれたということ？」

玲琳は懐疑的な響きを込めて問いかける。

鍠牙は答えず真剣な顔で辺りを見回した。夜の屋上は月明かりに照らされてはっきりとお互いの姿が見える。

「そもそも、あの男は追いかけてきているのかしら？　ずっとうしろを見ていたけれど、誰もついてこなかったわ」

「呼んだか？　胡蝶の娘」

とつぜん真後ろから呼ばれて玲琳は勢いよく振り向く。

少し離れた屋上の端に骸が立っていた。その死神のような佇まいに玲琳はひやりとする。

彼の肩には月よりまばゆい黄金の鶏蠱がとまり、クルクルと喉を鳴らしている。

「こんなところまで逃げてきて、どうするつもりだ？」

彼は穏やかに……あまりにも穏やかに聞いてくる。

玲琳は季節外れの汗をかきながら骸を睨み返し、再び己の指を嚙み切った。

「ムグラ！　ここへ来なさい！　主を失ったあなたの腹を満たしてやれる血がここにあるわ！　私の血の味を覚えているならここへ来なさい！」

差し出す手から血が滴る。

その香を嗅ぎ、鶏蠱の目の色が変わった。青かった瞳が爛々と赤く輝き、欲望のままに翼を広げる。ケエエエン！　と一度大きく鳴き、骸の肩から飛び立とうとしたその時——

「葎、動くな」

骸の低い声がそう命じた。途端、鶏蠱は羽をたたんでピクリとも動かなくなった。

その瞳は青く戻り、玲琳の方を見もしない。

玲琳は愕然とする。蟲にそんな拒絶をされたことはなかった。

玲琳の動揺を察した骸は淡々と口を開いた。

「生まれたばかりの頃、こいつはずいぶんと荒れてた。主である先代の族長や白亜の命令を無視して、何故か俺に纏わりついた。俺の言うことだけは何でも聞いたが、他の蠱師を寄せ付けようとしなかった」

無表情でぽつりぽつりと語る。

「見かねた白亜がこいつに名前をつけた。ムグラ——と、名をつけられた途端、こいつは蠱師の言うことを聞くようになった。それでも、蠱師じゃない天敵の俺に懐き続けた。こいつが何で俺に懐くのか、俺はずっと分からなかった。なあ……蠱が、喰った人間に支配されるなんてことがあるのか？」

その問いに玲琳は瞠目した。頭の中に、二十三年間で見たあらゆる蠱が浮かぶ。

「……私は聞いたことがないわ」

「そうか……だが、こいつはムグラと名づけられて、確かに蠱師の支配を受け入れるようになった。ムグラと葎は同じ植物を意味する名だ。蠱師たちは全部分かってて、こいつを支配するためにその名をつけたんだろうな」

骸は肩にとまる鶏蠱の羽を撫でた。撫でながら、骸は鋭く玲琳を見据えた。

「こいつは葎を喰って、葎の心に支配された。だからお前のものにはならない」

氷のような冷たい瞳で骸は言った。

夜の空気がどんどん冷えてゆくような感覚がして、玲琳は身震いした。

誰も何も言葉を発しない。

時が止まったかのような静寂がしばし夜の中に満ちた。

そしてその静寂は、唐突に破られた。

屋上の扉が激しい音を立てて開かれた。

そこから小さな一匹の蝶が、ひらりひらりと頼りなく飛んでくる。そしてその蝶に続き、おぼつかない足取りの女がふらふらと歩いてきた。

女の全身は血に塗(まみ)れ、生きているのが不思議なほどだった。その女が、いつだったか牢に閉じ込められた玲琳に様々な情報をもたらした蠱師だと、玲琳はしばらくして気が付いた。

この女は骸に好意を抱いている……と、あの時玲琳は思ったのだった。

「なんだ……お前、生きてたのか」

骸は女を見てわずかに驚いたような顔をした。

女は全身からぽたぽたと血を滴らせ、骸に向かって歩いてゆく。それは蘇った死者の歩みのようで、奇妙に現実離れしていた。

「……骸……何で……何でみんなを……殺したの……？　何であんな……酷いことを……何で……？」

血の雫(しずく)が垂れるように、女は言葉を零(こぼ)してゆく。そして骸の腕に縋った。

「私たち……家族だったでしょう……？　ずっと一緒に過ごしてきて……血は繋がっていなくても……同じ一族の仲間で……私……あなたのことが……」

「早く死んでくれ」

凍てついた声でそう言うと、女はその場に倒れた。骸の手には血に濡れた剣が握られていた。

「……お前らなど家族なものか」

蠱師の亡骸（なきがら）を見下ろし、骸は地獄へ沈むかのような息を吐いた。

「……これで全員か……。葎に再会できれば俺は元に戻るかもしれないと思っていたが、葎はもう死んだ。一族を全員殺せば戻るかもしれないと思ったが……やっぱり戻らないな」

無感情に呟き、彼は玲琳の方を向いた。あまりにも感情のないその瞳は、鉄屑（てつくず）のように無機質で冷たい。

「胡蝶の娘……お前を殺せば俺は元に戻るかもしれない」

「……馬鹿げているわ。私を殺しても、お前の壊れた心は戻らない」

「戻るかもしれない」

「戻らないわ！」

「ならば、この世の全ての蠱師を殺せば戻るかもしれない」

とうとう玲琳は絶句した。

「姫、壊れた人間に言葉で対抗しても無駄だ」

傍らの鍠牙が訳知り顔で言った。この男も——同じように壊れているのだ。

「お前を殺して戻るか戻らないか試すから……死んでくれ」

骸は玲琳に向かって剣を突きつけた。

玲琳はちらと後ろに目を向ける。屋上の端はすぐそこで、足を踏み外せば真っ逆さまだ。ここから逃げる手立てはない。

いや……まだ試していないことが一つある。鶏蠱に——葎に直接玲琳を喰わせれば……この血肉で葎の体内を満たせば、葎は玲琳を主と認識するかもしれない。体を丸ごと喰わせるわけにはいかないが、腕一本でも喰わせることができれば……

「姫、おかしなことを考えるなよ。あなたは蠱師だ。忠実な蠱なら、主の危機には必ず間に合うはずだ」

鍠牙が玲琳の肩をつかんで言ったその時——突然風が吹いた。

ごうと音がして、突風と共に何かが駆けた。不意に月が陰る。はっと見上げると、夜空を跳躍する黒い影が月光を隠していた。

「黒!?」

「……間に合ったな」

神殿にいるはずの犬神が何故ここにいるのかと、玲琳は驚く。しかしすぐに、数日この犬神を見ていなかったと思い至った。

黒は口に咥えたものをぺっと吐き出し、屋上へ軽やかに着地する。

そして吐き出されたものは、ダンッと大きな音をさせて屋上へ着地し、その場に膝をついて四つん這いになった。

「う……おえええええええ」

と、その人物は屋上に吐いた。それはむさくるしい髭の中年男だった。

「……兄上様⁉」

玲琳は啞然としてその男を——李彩蘭の夫、普稀を呼んだ。

普稀は何度も吐き、死にそうな顔を上げた。

「いや……何だこれは、どういうことだい？　玲琳姫……いくらなんでもこれはさすがに……酷くないかい？　うっぷ……」

またえずいて口を押さえる。

放心していた玲琳が、その状況を把握するまで時間はかからなかった。ぱっと勢いよく横を向くと、鍠牙が脂汗をかきながらにこっと笑った。

「黒はどうやら、あなたをあまり好ましく思っていないらしいな、普稀殿」

言いながら普稀に歩み寄り、その背を撫でる。

「俺も黒の背中に乗る時はずいぶん辛いが、あなたはもっと雑に扱われてしまったようだ。申し訳ない。黒は火琳と炎玲が乗っていないと優しくしないみたいでな」

何の救いもないその慰めを受け、普稀はよろよろと立ち上がる。口を拭い、深呼吸して息を整える。

「普稀殿、お疲れのところ申し訳ないが、あそこにいる剣士を一匹ほど仕留めてもらいたいんだ。よろしいか？」

鍠牙は普稀の肩をポンポン叩きながら軽やかに笑いかけた。

突然の事態にわずかな驚きの表情を浮かべていた骸が、突如警戒の色に染まる。

普稀はそんな骸と鍠牙と玲琳を順繰り見やり、最後に鍠牙を睨んだ。

「あれはもしかして、火琳姫と炎玲王子が言っていた、あなた方を攫った飛国の蟲師の一党か？」

「ああ、話が早いな。そうだ、あの男は今、妃を殺そうとしている。そしてあの男には毒や蟲が効かない。簡単に言うと、俺たちは今死にかけている。というわけで、あなたの助けを得るためにここへ来てもらったんだ。人は助け合って生きてゆくものだからな」

玲琳はその説明に唖然とした。

この男はなんと厚かましく恐ろしいことを考えるのだろう……

骸の殺意を感じていた鍠牙は、最初から普稀に彼を倒させるつもりだったのだ。

普稀はしばし鍠牙の言葉を頭の中で転がし、

「断る」

端的に答えた。

「何故だ？　俺たちを助けてくれないのか？」

鍠牙は驚きもせずに聞き返した。初めから普稀が断ることは分かっていたというように。

「彩蘭は飛国と事を構えるつもりはないよ。僕がここで剣を抜いたことが万が一にも飛国に知られたら、取り返しがつかないことになる。あなた方がここで死ぬことになったとしても、彩蘭は飛国との同盟を取るだろう」

そうだ……そのことは玲琳も分かっていた。だから玲琳は姉に助けを求めることなど考えもしなかったし、鍠牙もそれを分かっていたから玲琳に隠れて普稀を呼んだのだろう。普稀は玲琳のために動かない。彼は彩蘭以外の者のために動かない。

「李彩蘭にとって、妃は愛すべき妹だ。死なせたいとは思っていないだろう」

鍠牙は揺らぎもせずに畳みかける。

「そうだろうね。彩蘭は玲琳姫を特別可愛がっている。だけど、それでも彩蘭は同盟を取るよ」

「ああ、もちろんそうだろうな。俺たちがここで死んでも、斎帝国にとっては何の不利益もない。誰かが俺の跡を継ぎ、俺の真似をして李彩蘭に尻尾を振るだろう。あるいは俺より、その誰かの方がよほど扱いやすくて李彩蘭にとっては都合がいいかもしれない。俺たちが死んでも何の問題もない。ただ、李彩蘭が愛する妹を失って悲しむだけだ。そしてあの女帝は、自分が悲しむだけで済むのなら、それは何ら不利益ではないと思っている」

そこで初めて普稀の表情が変わった。鍠牙は更に追い打ちをかける。

「あなたも同じ理由で夫に選ばれたんだろう？　身分の低いただの軍人だったあなたが女帝の夫に選ばれたのは、あなたが死んでも誰も困らないからだろう？　ただ、あなたを愛する李彩蘭が悲しむだけだ。あの女帝は自分の心が痛むことを、少しも不利益だと思っていない。どれだけ傷付いて血を流しても耐えてしまえる羅刹だからな。あなたはそれに甘えて、当たり前のように李彩蘭を傷つけるのか？　何のために男に生まれたのか分からないな」

挑発——というには真剣すぎる顔で鍠牙は言った。

普稀は剣呑に目を細めて鍠牙を睨みつけている。そして淡い息をついた。

「……五十路に手が届こうかというじじいにきついことをさせるね。半日宙吊りにされてここまで運ばれて、まともに体が動くと思うかい？　早く帰って眠りたいんだ。ほら、剣を貸してくれ、途中で落とした」

手のひらを上に向けてひらひらと動かす。

「よろしく頼む。やはり人は助け合って生きてゆかなければならないな」

「……一つ条件を出していいかい？」

普稀は差し出された剣に目を落として言った。

「何だ？　腕でも足でも好きなようにくれてやるが？」

「冗談はよしておくれよ。そんなことじゃなく、あなたの子供たちに……彩蘭の姪っ子と甥っ子に、言ってくれないか？　彩蘭を悪く思わないでほしい……と」

「……ああ、なるほど、李彩蘭はあの子たちに嫌われたのか……。分かった、任せてくれ。李彩蘭への貸しにしておこう」

鍠牙は助けを求めた分際で、厚かましくも朗らかに笑った。

「頼んだよ」

そして普稀は差し出された剣を受け取った。

玲琳は愕然としてそのやりとりを見ていた。こんなに驚いたのは久方ぶりで、腰を抜かしてしまいそうなほどだ。あの普稀が……彩蘭の意に反する行動をとろうとしている。太陽が西から昇ったとしても、ここまで驚きはしなかっただろう。

そんな玲琳の動揺を意にも介さず、普稀は剣の鞘を払う。

「やれやれ……後で彩蘭に怒られてしまうな」

普稀はぽつりと言い、骸の方を向こうとして――――それと骸が飛び掛かってくるのは同時だった。骸の二刀の斬撃を、普稀は容易く剣で受け止めた。

「君ねえ……少しは人の迷惑というものを考えなさい。一国の王と王妃を攫うとか、常識ある人間の行動じゃないだろう」

そう言って剣を払うと、骸は屋上の端まで吹っ飛んだ。よろめきながら起き上がり、口の端から血を流して普稀を睨む。普稀は剣の腹でとんとんと自分の肩を叩き、

「で？　あれの首を落とせばいいのかい？」

剣の切っ先を向けて骸を示した。

「胴でも腰でも好きなように」

鍠牙は軽く答える。

「首でいいんじゃないか？　胴を輪切りにしたら始末が面倒だしね」

普稀がそう言って骸に斬りかかろうとすると、けたたましい鳴き声を上げて黄金の鳥が割って入った。普稀は急停止し、飛び退る。

葎が骸を守ろうとするように翼を広げ、普稀を威嚇していた。

「葎！　こっちへ来い！」

骸が呼ぶと、葎は威嚇しながら骸のもとへ戻り、肩にとまった。

骸は口元の血をぬぐい、痛みを堪えるように深呼吸する。どうやら傷を負ったらしい。骸は普稀を睨みながら剣を鞘に納めた。

「どうしたんだい？　かかってこないのかい？」

「……お前には恨みがない。感情的になって斬りかかったことは謝る。お前たちみたいに守りたいものを当たり前に守れる人間を見ると苛々するんだ。俺がなくしたものを持っている……ただの嫉み(ねた)だ。俺が殺したいのは胡蝶の娘だけで、関係ない人間を殺したいわけじゃない」

荒い息をつきながら言う。しかし普稀はその言葉を受け取らなかった。

「そうかい……彼女は義妹(いもうと)だからね、関係ない人間というわけじゃないよ。君が彼女に危害を加えるというなら阻止しなければならないな。俺も君に恨みはないが、君の首を刎ねる心づもりがある」

威圧感のかけらもない柔らかな声音が、冗談のように殺意を告げる。

「僕は蟲が苦手なんだが、その鳥を避けて君の首を落とすくらいは目を閉じていてもできそうだ。何か言い残しておくことはあるかい？」

普稀は淡々と剣を向ける。

「……いいや、何も」

「そうか……なら、今すぐ刻み殺してやるよ、糞餓鬼が」

瞬間、膨れ上がった圧にその場の全員が凍り付く。

その中でも最も早く解凍した骸が、素早く屋上の手すりへと飛び乗った。

その奇行に訝る一同の前で、彼は呆気(あっけ)なく屋上から身を投げる。

突然の身投げに愕然とし、玲琳は屋上の端まで駆けて行った。頭ほどの高さがある手すりによじ登ろうとすると、屋上の下からごうっと風を巻き上げて、巨大な黄金の鳥が舞い上がった。

その背に骸が跨(またが)っている。骸は風を受けながら普稀を見やり、苦々しく言った。

「これ以上お前と戦う気はない。戦っても勝てない相手と戦う意味はない」

あっけなく彼は敗北を認める。

「まさか、逃げるつもりかい？」

「ああ、逃げるよ」

あっさりと言い、彼は玲琳を見下ろす。

「胡蝶の娘……今日は諦めるが、俺はまたお前を殺しに来る。お前を殺せば……俺は元に戻るかもしれない。それでも戻らなければ……お前たち蠱毒の民を皆殺しにする。それでも戻らなければ……この世の蠱師を根絶やしにする。俺が元の俺に戻る方法が、この世にはあるはずだ」

正気とは思えない宣言だ。夜より暗い気配が骸の全身を包んでいた。その気配を纏ったまま、骸は葎の背を撫でた。

「葎、行こう」

「待ちなさい！」

玲琳はとっさに声を張った。

「お前の名は何というの!?」

夜空に向かって問いかける。

「骸というのは本当の名ではないのでしょう？　そんな名前、お前を愛していた者たちが呼んでいたとは思えない。家族に呼ばれていた本当の名があったのでしょう？　お前の名は何というの？」

玲琳が睨むように、挑むように、或いは脅すように聞くと、骸は一瞬痛みを堪えるような顔をして口を開いた。

「……忘れた」

その言葉を置き去りに、骸を乗せた黄金の鶏蟲は夜空へ飛び立った。

夜の闇に羽ばたく金色は月のかけらのごとく輝き、その美しさに玲琳はいつまでも見入っていた。

終章

その後、斎と飛の会談は予定よりかなり遅れながらも無事に行われた。

会談に反対していたはずの櫟丹は、白亜が死んだと知って卒倒し、それから寝込んでしまって、玲琳が蠱術で彼を傀儡にする機会は結局巡ってこなかった。

そうして両国は同盟を結ぶ道へと進んでゆく。

あのあと、鍠牙はばったり倒れてしばらく動くことができず、魁への帰国の途に就いたのは一月経ってからのことだった。

玲琳が鍠牙と子供たちと共にようやく魁へ帰りつくと、王宮の臣下や女官たち全員の歓声に迎えられた。ようやく無事に帰ってこられたとほっとしたのも束の間、自ら命を絶つ勢いで自省している葉歌に迎えられ、玲琳は彼女をなだめるのに労力を使わねばならなかった。

人心地つき、落ち着いたところで玲琳は後宮の一角を訪れた。

陽光の降り注ぐ庭園の片隅で、女が犬の毛並みを梳いている。

「ようやく帰ってこられたわ。お前のおかげね」

玲琳がそう声をかけると、犬神の世話係である女官の紅玉が地面に座ったまま顔を上げた。

「お帰りなさいませ」

そのまま礼をされ、玲琳は小さく笑った。

「あまり嬉しそうではないわね」

「……お妃様が無事に帰ってくることは分かっていましたから」

「そうね、お前の占いはあらゆる未来を見ることができるのだものね」

玲琳は紅玉の隣にしゃがみ、気持ちよさそうに毛を梳かれている犬神を撫でた。

「お前が子供たちを彩蘭お姉様のもとへ行かせたと聞いたわ。それが何故だったのか聞いてもいいかしら？　理由があったのでしょう？　それをさせることで未来はどう変わったの？　そうしていなければ、何が損なわれていたの？」

「……今さら聞く意味がありますか？」

「いいえ、ないわね。聞いたところで過去は変わらないわ。ただ、少しばかりの好奇心で聞いただけのことよ。聞かれたくなければもう聞かないわ」

玲琳がそう言って立ち上がろうとすると、

「死人が出ていました」

紅玉は淡々とそう答えた。

実際、死人は大勢出てしまったと思うが、それより遥かに重要で死なせたくない人間が死にかけていたということだろうか。

紅玉は黒の目尻を掻きながら続ける。

「黒衛は……普稀様に会ったことがありませんでした。彩蘭様と会ったことはあると思いますが、普稀様とは直接会ったことがなかったんです。普稀様は後宮からあまり出ませんでしたし、黒衛は彩蘭様の命令で罪人を喰う時しか人前に姿を見せませんでしたし……」

その説明を聞き、玲琳はようやく合点がいった。

「ああ……つまり、あそこで黒が兄上様に会っていなければ、黒は兄上様を飛国へ連れてくることができなかったということね？　匂いも顔も知らない相手では、判別できないもの。お前は子供たちをお姉様に会わせたかったわけではなく、黒を兄上様に会わせようとしたのね」

「ええ、正確に言えば、黒衛なら普稀様を連れてくることができる——と、楊鍠牙陛下に確信を持たせるためにしたことです」

「もしお前がそう言わなければ、黒は兄上様を連れてくることができなかった。私と鍠牙は死んでいたということね？」

「いいえ」

紅玉の即答に玲琳はきょとんとする。

「では、誰が死んでいたというの？」

その問いに紅玉は一瞬言い淀んだ。

「……普稀様を連れてくることができなかった場合、陛下はこの後宮から葉歌さんを連れてくるよう黒衛に頼んだはずです。それがあるべき未来でした。飛国へ呼ばれた葉歌さんは敵と相討ちになり、両者とも命を落とすはずでした」

玲琳は瞠目した。

「お前は葉歌の命を救ってくれたの？」

「……近しい人は死なない方が気分がいいですからね」

「そう……ありがとう」

玲琳はふっと笑った。

「いいえ……ほら、黒衛、終わりだよ」

犬神の毛を梳き終え、紅玉はぱしんと黒い尻を叩く。犬神は立ち上がってぶるんと体を震わせた。

「……この先のこと、知りたいですか？　あの骸という男が生き残ってしまったことで未来は変わってしまいました。あの男が今後あなたに何をするか、私は見ることができます。今回のことだって、もしも出立の前に占っていたら攫われるようなことはありませんでしたよ」

　そして飛国の蠱師一族が皆殺しにされることも、玲琳が骸に命を狙われることもなかったということか……

「私の占いが必要ですか？」

　そう言って、紅玉は手を差し伸べてきた。その手を取れば、彼女は玲琳の全てを占ってしまえるのだろう。しかし――

「いいえ、いらないわ。最初からそう言っているでしょう？　そういう目的でお前を雇っているわけではないのよ」

「占うだけで全ての危険を退けられるのに？　私は先が見えすぎて、死ぬまでの全てを一度に占っても把握しきれませんけど、近々起こる危険なら全て覗いて避ける方法を教えてあげられますよ？」

　しつこく言ってくるので玲琳は苦笑した。

「お前は利用されることをあれほど嫌がっていたくせに」

「……そうですね。だけど、そのせいで余計大変な目に遭いましたからね」

「そうね……でもやはりいらないわ。何が起きるか全て分かっている明日など、何のために生きるか分からないもの」

「……そうですか。ではもう、二度とあなたのためには占いをしません」

「ええ、そうなさい。お前は黒の世話係としてここにいるのだから」

玲琳はふっつりと心を閉ざしてしまった様子の彼女にそう言うと、立ち上がった。

「さて、今日も蟲たちの世話をしなくてはね」

そう呟いて立ち去ろうとする玲琳を紅玉は座ったまま呼び止めた。

「お妃様……陛下から目を離さないことをお勧めします」

「ふうん？　あの愚か者が、また何かしでかすのかしら？」

「もう占いはしないと言いました」

「そうだったわね」

玲琳はくすくすと笑う。

「言われずとも、あの男から目を離したことなどないわよ」

鍠牙の中には玲琳の蟲がいる。あの毒蜘蛛はずっと鍠牙を見張っていて、彼の命を奪うことすらできるのだ。

「……だったらいいんですけどね」

そう呟き、紅玉はつやつやになった犬神を抱きしめて、その毛並みをぐしゃぐしゃにかきまわした。

「心配してくれてありがとう」

玲琳は礼を言うと、ひらりと手を振ってその場を後にした。


この日はよく晴れていた。

玲琳が毒草園へ行くと、子供たちが毒草の茂みを駆けまわって遊んでいた。

「火琳様！　危ないですから出てきてください」

雷真がはらはらしながら叫んでいる。

「炎玲様！　この辺には棘があるから痛いですよ！」

風刃が棘だらけの毒草に手を突っ込んで王子を引っ張り出そうとしている。

そこに双子の父親が現れて、不思議そうに首を傾げた。

「騒々しいな、何をしているんだ？」

「あ、お父様！」

「お父様、お仕事はいいんですか？」

双子は茂みからぴょっこり顔を出して、キラキラ目を輝かす。

「うん、お前たちの顔が見たくなってな」

鍠牙は優しく笑いかけた。

双子は嬉しそうに出てくると、父に駆け寄ってにこにこ笑った。

「ねえねえ、お父様。お怪我はもうすっかり良くなったんでしょう？　そうしたら、今度は蠱毒の里へみんなで遊びに行きたいわ」

「僕もいきたいです。お父様は飛国の蠱師にあったんでしょう？　僕たちはあんまりあえなくてざんねんだったから、こんどは蠱毒の民にあってみたいな」

　飛国の蠱師一族が惨殺されたことを知らない子供たちは、無邪気にそう言う。

　護衛たちは一瞬表情を固め、鍠牙は優しく微笑んだ。

「そうだな、いつか会いに行こうな」

　いつかという曖昧な言い方で、彼が子供たちの要求を躱したその時――

「鍠牙！」

　いきなり大きな呼び声と共に一人の少年が駆けてきて、鍠牙の背中へ飛び乗った。

　その勢いに鍠牙はよろめき、どうにか踏んばる。

　鍠牙の背中に蟬よろしくしがみついているのは、飛国からここまでついてきた蠱師一族の少年――由蟻だった。

　細身の美少年である由蟻は、腕と足をがっちり鍠牙の体に巻き付けて、肩ごしに顔をのぞきこんだ。

「なあ、ここに来てから俺、何にもしてなくてすげー退屈なんだけど」

「陛下から離れろ無礼者！」

雷真が大音声を上げる。

「だいたいな、てめえは玲琳様と陛下を攫った蠱師一族の仲間だろうが。いつまでここにいやがる。命があるだけ幸せだと思って、さっさとここから出て行けや」

風刃もどすの利いた声で脅す。

この二人は由蟻に対して強烈な不信感と敵対心を持っているらしく、魁へ連れてくるのも酷く反対していたのである。

由蟻はじろっと護衛たちを見やり、嫌そうに顔をしかめた。

「あんたさ……気持ち悪いんだけど。何でそんなに俺に似た顔してるの」

似ていると言われた雷真はあからさまに憤慨し、整った顔立ちを歪めた。

「誰が貴様と似ているものか！」

「え、似てるだろ。なあ、似てるよな、鍠牙？」

由蟻は鍠牙の首をぐいっと絞めながら確かめる。

「ああ、似てる似てる」

鍠牙は放せというように由蟻の腕を叩いた。

「ほら、似てるってさ」

「ふざけるな！　いいかげん陛下から離れろ！」

更に怒鳴られ、由蟻はムッとした顔になった。

「何だよ、俺に負けたくせに……」

口をとがらせて由蟻がそう言った途端、雷真はとうとうブチ切れて剣に手をかけた。

「あれは貴様が卑怯な不意打ちで……！」

「そうだ！　てめえ俺に睡眠薬を盛りやがったろ！」

風刃まで怒りを再燃させてぐわっと牙を剝いた。

「全員落ち着け。子供たちの前で見苦しく騒ぐんじゃない」

鍠牙が厳しい声で咎めると、護衛たちはびしっと背筋を伸ばして口を閉ざし、由蟻は背中に乗ったまましゅんとなった。

「ごめん、鍠牙……怒った？」

「怒ってない、注意しただけだ」

その違いが分からなかったのか、由蟻は不思議そうに首を傾げた。

「ふーん……鍠牙は何で、俺を殴らないの？　毒を飲ませたり、蟲に喰わせたり、役立たずとか罵ったりしないの？」

その問いかけに、雷真と風刃はぎょっとし、鍠牙の足下にいた双子も目を真ん丸にした。

「ねえ、何で？」

無垢な目で問われ、鍠牙はしばし思案する素振りを見せると——

「お前は俺と妃を助けてくれただろう？　俺たちは取引をして、お前は俺の望みを聞いてくれた。だから代わりに、俺はお前をここへ連れてきた。お前はもう自由で、誰にもぶたれることはないし、好きなように生きていいんだ」

その答えを聞き、由蟻は少しのあいだ口を閉じて考え、

「俺がいて助かった？」

「ああ、命の恩人だ」

すると彼は頬をかすかに上気させ、にまっと嬉しそうに笑った。

「ふーん……じゃあさ、これからも俺があんたのこと守ってあげるよ」

そう言って、鍠牙の背から下りる。

やせっぽちで小柄で、少女と見まがうほど華奢(きゃしゃ)な少年は、危険な笑みを浮かべて鍠牙を見上げる。

「あんた、この国の王様なんだろ？　だから俺をあんたの奴隷にしてよ。あんたの命令を聞いて、あんたのことを守ってやるよ」

「おい、貴様……」

雷真が動揺を押し隠して何か言いかけたのを、鍠牙は軽く手を上げて止めた。

「由蟻、お前を奴隷にはしない。お前は自分で考えて、自分で動かなければならない。お前に命令してくれた蠱師たちは……ここにはいないからな」

その言葉を聞いて、由蛾はたちまち不安そうに瞳を揺らした。

「そんなこと言われたって分からないよ。命令を聞くのがいいことで、命令に背くのが悪いことで……俺は命令に背いてあんたたちを助けて、ここまできて……俺は悪いことをしてて……これから何をしたらいいのか分からないよ」

少年はすがるように己の膝元をぎゅっと握る。

年よりずっと幼く頼りなげなその姿を見て、鍠牙は励ますようにぽんと肩を叩いた。

「なら、お前をここで雇おう」

「え？」

「子供たちの遊び相手になってやってくれ」

「ちょっ……陛下！　それはヤバいですって！」

「火琳様と炎玲様に悪影響を及ぼしたらどうするのですか！」

護衛たちは口をそろえて反対したが、当の子供たちは嬉しそうにぱっと表情を明るくした。

「いいわよ！　私たちがお前の遊び相手になってあげるわね」

「うん、僕らがいっしょにいてあげるからだいじょうぶだよ」

双子はそう言って由蛾の手を握った。

「後宮の中を案内してあげる。何でも教えてあげるわ」

「お母様の部屋にきれいな蟲がいるからみせてあげるね」

幼子に手を引かれ、由蟻は戸惑いながら歩き出す。

「お待ちくださいお二人とも！」

「そんな奴に近づいちゃダメですよ！」

護衛役は慌てて後を追う。

残された鍠牙は優しい表情で彼らの後ろ姿を見送っていた。

離れた場所からその光景を見守っていた玲琳は、サクサクと土を踏んで鍠牙の傍へ歩み寄った。

「置いていかれてしまったわね」

鍠牙は玲琳が見ていたことにずっと気づいていたらしく、驚きもせず苦笑いした。

「面倒なものを拾ってしまったよ」

「一度拾ってしまったのだから、最後まで責任をもって面倒を見ることね。子供たちは由蟻をずいぶん気に入ったみたいだから、きっと仲良くやるでしょうよ」

玲琳は彼らが去っていった方に目をやりながら言った。

鍠牙の傷が癒えるまで飛国に逗留していた間、子供たちと遊んでいたのは由蟻だったのだ。

子供たちは普段周りの者から大事に扱われているせいか、粗雑で冷たい扱いをする人間に興味を持つ傾向がある。

「ならいいが……」

鍠牙は困ったように嘆息した。ごく当たり前な優しい父親の顔をして――

玲琳はそんな彼を見上げた。

ついさっき、紅玉に言われたことを思いだす。

目を離すなと、彼女は言った。

この男の皮膚と血肉が同じ顔をしているのなら、こんなに分かりやすいことはない。

けれどそうであれば、玲琳は彼にこれほど魅了されはしなかっただろう。

逃してしまった骸のことが頭をよぎる。あの男は再び現れるだろうか？　その時玲琳に何をするだろう？　そしてその時、鍠牙は……？

様々なことが頭の中でもつれ合い――玲琳は考えることをやめた。

蠱師は、ただ蠱術のことを考えていればいい。

「鍠牙、お前は私の蟲なのだから、私を愛していればいいわ」

「何だ？　いきなり……」

鍠牙は面食らったようだった。

「私は蠱師だから、蠱術のことを考える。だから、お前のことを考えているのよ」

「それは光栄です、姫」

鍠牙はいつも通りふざけた物言いをする。

さて……この男は玲琳の手の内に、いつまでとどまり続けるだろうか……？

どうせまたすぐに彼は玲琳を欺き、とんでもないことをしでかすだろう。

それを想像して思わずにんまりと笑ってしまう。

「何度も何度も言ったけれど、愚かなお前はすぐに忘れてしまうのでしょうね……。だから忘れるたびに言ってあげる。お前が私を愛している限り、私はお前を愛さないでいてあげるわ」

玲琳はそっと手を伸ばし、困惑している夫の頰を撫でた。

外伝　彩り月の錦

　男がその姫君に出会ったのは、秋の木々が色づく季節だった。

　物心ついた時にはもう家族などというものはおらず、路上でひもじく暮らしているうちにやさぐれ、生きるためにあらゆることをして、十を過ぎる頃にはあらゆる悪事に手を染めたし、周り中から恐れられ、忌み嫌われて育ったので、どこへ行こうと自分はろくなものになるまいと思い続けて生きてきた。

　軍人になったのはどういう流れだったか今となっては覚えていないが、なんとなく流れるままに行き着いた先が斎帝国の宮殿で、暴力に明け暮れた日々が役に立ったのかどうなのか、あれよあれよという間に出世し、いつの間にやら皇帝陛下の護衛官などというものの一人になっていた。

　周りには自分より強い者など一人もおらず、男はいささか驕(おご)っていて、或いは煌びやかな身分と経歴を持つ他の同僚たちに対抗心や羨望があったのか、周りをずいぶんと見下していた。

　そして二十五歳の秋のこと、男は姫君に出会ったのだ。

　宮殿の外れにある鍛錬場に、姫君は華やかな装いで訪れ、剣を振るう兵士たちを遠くから眺めていた。そして何故かその中でも、男のことをずっと見つめ続けていた。

　十歳頃のその姫君は、皇帝陛下のご息女で、つまりは大陸で最も高貴な血筋の姫君と言える。そして男が今まで見た中で、最も美しい生き物だった。

　男はそういうモノがあまり面白くなかったので、姫君を無視し続けた。

　姫君は幾度も鍛錬場へ通い、男を見つめ――そしてある日、近づいてきた。

「あなたは家族がいないと聞きました」

「……はい」

　男は不本意ながら跪いて答えた。

「それはとても都合がいいですね……」

　姫君は花のような笑みを浮かべた。このお姫様は何を言っているのだろうかと男は呆れ、見下される前に見下し返してやるべく、侮蔑的な思いを抱いた。

「わたくしはいずれ、この国の皇帝になろうと思っています」

　姫君は男にそんなことを言い出した。

　このお姫様は頭がどうかしているのかもしれない……侮蔑を超えた憐れみをもよおし、男は答えもせず頭を下げ続けた。

「できない……と、思いますか？　父上も兄上も健在で、わたくしが皇帝に即位するのは容易くないでしょうからね……ですからわたくしは、父上と兄上をいずれ弑するつもりなのですよ」

朗らかな声で言われ、男はぎょっとした。様々な悪事に手を染めてきた男でさえ、皇帝殺害など考えたことはない。このお姫様は本格的にどうかしていると、警戒心が全身を襲う。

そんな警戒心を嘲笑うかの如く、姫君は男に手を伸ばし、男の髭に触れ……ふふっと小さく笑った。一瞬奇妙な恐ろしさを感じ、しかし同時にこんな美しい生き物がこの世にいるのだなと変な現実逃避めいたことを考える。

「わたくしが女帝になったら、わたくしの夫になってくれませんか？」

またしても突拍子もないことを言われ、男は逃げ出したくなった。

「まあ、そんな日が来ましたら……」

適当に答え、二度と関わってたまるかと胸中で吐き捨てた。

そして数年後――

「約束通り、あなたを迎えにきましたよ。わたくしの夫になってくださいね」

姫君は女帝になっていた。父である先代の皇帝も、跡継ぎ候補の皇子たちも、全員不可解な死を遂げていた。

目の前の人知を超えた美貌の姫君は、微笑みながら手を伸ばし、男の髭に触れた。

「あなたはどうなりたかったのでしょう？　大将軍とか……そういうものを目指していたのですか？　それらを全て諦めて、わたくしの後宮に入ってはくれませんか？」

今まで様々な悪しきものを見てきた。それでも、こんなに恐ろしいものに出会ったことはない。ただ、自分がもう逃げられないということだけは分かった。

「……何故私なのですか？」

逃げられないと分かりつつも、男はそう聞いていた。

「あなたがこの国で最も強い武人だからです。あなたに勝てる者は一人もいないと聞きました。そしてあなたは身分が低く、家族もなく、死んでも誰も困りません。ですから、わたくしの弱点になり得ません。だからあなたを選んだのです」

その答えは明快で、むしろ男は少しばかり安堵した。天女か羅刹か分からないようなモノが、生きた人間なのだと実感できた気がしたのだ。

「承知しました、約束を守りましょう」

男が観念して答えると、姫君は嬉しそうに微笑んだ。さっきよりあどけなく愛らしい微笑みを向けられて、男の中に一抹の罪悪感に似たものが芽生えた。

この美しい生き物に触れる最初の男が自分であることへの罪悪感だ。

「ですが、反対する者も多いでしょう。せめて二人目以降は、もう少しあなたに相応しい者を選んでお迎えください」

するとび姫君は可笑しそうに笑った。

「あなた以外の者を後宮へ迎えるつもりはありませんよ」

その答えに男は仰天する。何かの馬鹿げた冗談かと、男は頭が混乱していた。

「俺をからかっていますか？」

「まさか、からかってなどいませんよ。わたくしの名を呼ぶ者はもうこの世にいませんから、あなたに名を呼んでほしいと思ったのです」

男はますます混乱する。わけが分からない。死んでも構わない屈強な武人——それだけの理由で選んだ男を、この美貌の女帝は生涯の伴侶とするつもりなのか？

「何故ですか⁉」

様々な意味をひっくるめて男は聞いていた。姫君は首を傾げ、少し考えてまた男の髭に触れた。

「あなたの……あなたのお髭が素敵だと思ったので……。まあ、一目惚れです」

かすかに目元を染めて告げられ、男は腰を抜かしかけた。

「どうか末永く、わたくしの傍にいてくださいね」

恐ろしく美しい姫君は、そう言って鮮やかに微笑んだ。

―――本書のプロフィール―――

本書は書き下ろしです。

小学館文庫

蟲愛づる姫君

虜囚の王妃は夜をしのぶ

著者　宮野美嘉

二〇二一年九月十二日　初版第一刷発行

発行人　飯田昌宏
発行所　株式会社　小学館
〒一〇一－八〇〇一
東京都千代田区一ツ橋二－三－一
電話　編集〇三－三二三〇－五六一六
販売〇三－五二八一－三五五五
印刷所――図書印刷株式会社

この文庫の詳しい内容はインターネットで24時間ご覧になれます。
小学館公式ホームページ　http://www.shogakukan.co.jp

ISBN978-4-09-407068-2

さくら花店 毒物図鑑

宮野美嘉

イラスト　上条衿

住宅街にある「さくら花店」には、
心に深い悩みを抱える客がやってくる。それは、
傷ついた心を癒そうと植物が呼び寄せているから。
植物の声を聞く店主の雪乃と、樹木医の将吾郎。
風変わりな夫婦の日々と事件を描く花物語！